KB170340

프랑스 일하는 여성처럼

프랑스 일하는 여성처럼

이쿠지마 아유미 지음 | 민경욱 옮김

푸른
지식

우리 여성들도
행복하게 일할 수 있을까

『프랑스 일하는 여성처럼』은 우리 삶의 방식이 과연 행복한가에 대한 질문을 던진다. '일하기 위해 사는 것'인지 아니면 '살기 위해 일하는 것'인지. 노동시간 단축 이후의 삶은 어떠한 모습일지. 우리 미래에 놓인 일과 삶의 방식은 어떠할지.

우리네 삶은 "내 휴가도 눈치 보며 쓰는 판국이야. 여기만 그런가, 다 그렇게 살아", "그래도 참아야지. 다른 대안이 있냐? 이 정도면 감지덕지야" 같은 자조와 감내의 언어로 가득 차 있다. 이런 '존버'('존나게 버틴다'의 줄임말)의 언어들은 여러 버전으로 반복된다. 얼마

전 종영한 드라마 〈김과장〉에서 회사 선배가 후배에게 건네는 위안은 꽤나 씁쓸했다. "우리의 목표 1번은 '버티기', 2번은 '더 버티기', 3번은 '죽어도 버티기'." 도대체 얼마나 버텨야, 얼마나 강한 멘탈을 발휘해야, 얼마나 인내의 한계치를 끌어올려야 정상인으로 살아갈 수 있을까?

장시간 노동을 당연하게 여기는 분위기가 워낙 오래된 탓에 우리는 과로에 너무 많이 무뎌져 있다. 이런 무딘 감각 속에서 우리는 과로가 유발하는 신체적·정신적·관계적·사회적 질병에 시달린다. 급기야 번아웃증후군·우울증·만성피로·무력감 등의 건강 문제를 비롯해 관계 단절·소외 경험·과로사 및 과로 자살·과로가 유발하는 대형사고까지 겪고 있다. 이런 빈곤한 시간 속에서 영혼까지 일에 종속된 삶을 가리켜 '시간마름병'이라고 부른다.

이런 상황에서 우리에게 프랑스의 노동 문화와 사회 정책은 소설에나 나올법한 이야기일 수 있다. 한국은 이제야 주당 52시간 근무제를 시작했다. 2018년 7월 1일부터 300인 이상 업체 3627곳에서 평일 연장근로와 휴일근로를 포함해 주당 일할 수 있는 최대 노동시간이 52시간 이내로 제한되고, 만 18세 미만인 노동자들의 최대 노동시간은 주 40시간으로 단축됐다. 또한 노동시간을 제한받지 않는 '근로시간 특례업종' 대상은 26개에서 5개로 줄어든다. 이런 변화를 두고 일각에서는 '인간다운 삶에 한걸음 다가갔다', '저녁이 있는 삶을 누리게 됐다', '워라밸이 가능해졌다'고 말한다. 정말 그럴까?

"52시간이라고요? 한국도 선진국인데, 그렇게 많이 일한다니요?"

노벨경제학상을 받은 뉴욕시립대 교수 폴 크루그먼은 2018년 6월 27일 전경련 주최로 열린 대담에서 한국의 주당 52시간 노동시간 단축에 여러 차례 놀라움을 표시했다. 그의 반문은, 한국이 경제 대국일지는 몰라도 노동 환경에서는 '시간 빈곤'을 사회적으로 양산하는 후진국임을 말해준다.

인색한 평가일 수 있지만 이번 노동시간 단축안은 2004년 주당 40시간 근무제 이후 근로기준법을 무력화해 온 몇 가지 악습만 제거한, 큰 변화 없는 수준에 불과하다. 우리가 목표로 할 것은 주당 52시간의 준수가 아니다. 인간다운 삶, 저녁이 있는 삶, 일과 삶의 균형을 누리기 위해서는 최소한 『프랑스 일하는 여성처럼』이 말하는 주당 35시간 근무제, 장기근속자 5주 휴가, 초과근로의 유급휴가 대체 같은 것들을 상상하고 이야기해야 한다.

물론, '시간'을 얻어내려고 저항하며 투쟁한 그간의 노력을 헤아리지 않고, 이 책에 등장하는 프랑스 일하는 여성들의 사례를 단순히 미화하고 부러워해서는 안 된다. 그렇지만 일본 작가의 눈에 비친 프랑스 여성의 일하는 방식과 삶을 누리는 태도 정도라면, 우리가 최소한으로 요구할 수 있는 가장 현실적인 대안이지 않을까?

앞서 언급한 '시간마름병'은 정도의 차이가 있을 수는 있지만 어느 누구나 예외 없이 앓고 있는 국민병이다. 하지만 과로와 그로 인한 신체적·사회적 질병의 위험은 그중에서도 특히 여성에게 가중된다. 저임금, 불안정 노동, 경력 단절, 가사·돌봄 노동의 여성 전담, 파편화한 여가, 백래시(진보적인 사회 변화에 대한 기득권층의 반발 심리 및 행동) 등 다양한 문제가 중첩되어 있다. 일하는 여성이 자신의 일과 삶의 균형을 맞추는 길이 구조적으로 불가능한 것이다.

이런 문제들이 하루아침에 완전히 바뀌지는 않을 것이다. 하지만 『프랑스 일하는 여성처럼』에 등장하는 일하는 여성들의 삶과 그들의 일하는 방식을 참고해 하나하나 고쳐 나간다면 우리의 일과 삶은 조금씩 건강해질 것이다.

자기계발식 처방이나 제도 개선만으로는 이 악순환을 벗어나기 어렵다. 프랑스 사회가, 프랑스의 일하는 여성들이 어떻게 '시간'을 쟁취하고 그것을 누렸는지 질문하고, 그 방법을 각자의 삶에 적용해보자. 주당 52시간 근무제 시대가 시작되었지만, 여전히 여성의 일터는 불안정하고 여성의 노동은 온전한 노동으로 인정받지 못하고 있다. 지금이야말로 그동안 당연하게 여겨온 일과 삶의 방식에 더 많은 질문을 던지고 더 많은 상상력을 발휘해야 할 시점이다. 『프랑스 일하는 여성처럼』은, 오늘도 일했고 내일도 일할 모든 '일하는' 여성에게 현실적이고도 이상적인 본보기가 될 것이다.

김영선

노동시간센터에서 활동하며, 『과로 사회』·『누가 김부장을 죽였나』 등을 썼다.

프랑스 사람은 지칠 때까지 일하지 않는다

프랑스에서는 일부 직종은 시간외근무를 할 수 없도록 정해져 있습니다. 법률로 노동시간을 주 35시간으로 제한하기 때문입니다. 개인이 기업과 노동계약을 맺는 다면 주에 4시간의 시간외근로를 포함해 총 노동시간은 39시간이며, 초과한 4시간은 반일 유급휴가로 대체합니다.

그리고 실업률을 낮추고자 그 외 시간을 다른 사람에게 넘기는 이른바 일자리 나누기work sharing 제도를 2002년부터 시행했습니다. 한 노동자의 노동시간을 제한함으로써 새로운 고용을 창출하는 것이 목적인데, 유감스럽게도 실제로 새로운 노동자가 고용되는 일은 거의 없습니다.

디종에 살 때 신세를 졌던 알레트(80대)는 그 지역에서 이름을 모르는 사람이 없을 정도로 아주 유명한 꽃집을 운영했습니다. 그런데 2002년에 아예 그 가게 문을 닫아버렸습니다. 이 '35시간 제한 노동 체계'에 따라 전처럼 일할 수 없게 된 게 이유였습니다. 확실히 내가 살던 당시에는 개성 넘치고 세련된 잡화점이나 양복점, 시계방 등 개인이 운영하는 상점이 쭉 늘어서 있었습니다.

소규모로 경영하는 가게가 줄고 컴퓨터 등을 이용해 효율화를 추진하는 체인점이 늘어나는 현상은 프랑스도 우리와 다르지 않아 보입니다. 그런데 프랑스에서는 노동시간 제한이 그 현상을 나타나게 하는 요인 중 하나인 듯합니다.

이렇게 제도적으로 노동시간을 제한하기도 하지만 사생활을 중요하게 생각하는 의식이 높아서, 기본적으로 프랑스 사람들은 야근을 좋아하지 않습니다. 집중해서 효율적으로 일하고, 일이 끝나면 다른 사람의 시선은 신경 쓰지 않고 퇴근합니다. 업무 시간의 길

이와 목표 달성률은 비례하지 않는다는 점을 잘 알기 때문입니다.

거의 관례가 되어버렸다고 해도 과언이 아닌 '업무 후 한잔'도 프랑스에서는 예컨대 (거의 그런 일은 없지만) 동료나 상사가 권하더라도 대체로 거절합니다. 예의상 한 번은 가도 두 번째는 없죠. 프랑스 사람들은 업무 시간 안에 효율적으로 일하고, 일이 끝나자마자 집으로 직행합니다. 혹은 데이트나 다른 약속이 있죠. 온ㆍ오프 스위치를 확실히 바꾸며 생활합니다.

다만 노동시간 제한은 '일반' 노동자한테만 적용됩니다. 시간에 구애받지 않고 일하는 사람들도 있습니다. 경영자나 임원 그리고 전문직 프리랜서가 그렇습니다. 이 책에서 소개하는 '지적 에고이스트'들은 매우 장시간 일합니다. 하지만 이들은 '하고 싶은 일'을 자신의 노동시간에 맞춰 일하므로, 장시간 노동이 반드시 시간외근무를 뜻하는 것은 아닙니다.

그런데 이 '지적 에고이스트'들이 요즘 자주 언급하는 단어가 있습니다. 바로 '번아웃Burn-out'입니다. 영어를 그대로 사용하는 걸 보면 원래 프랑스에는 존재하지 않았던 개념이겠죠. 번역하면 '소진증후군'이라고 하는데, 프랑스에서도 너무 일해서 과로로 사망하는 사례가 늘어나고 있는 걸까요.

이를 물어보자 프랑스 사람들은 "프랑스 사람은 죽을 만큼 일하지 않아!"라고 대답했습니다. 프랑스에서도 누군가는 과로나 직장 인간관계에 따른 스트레스로 우울증 등 일을 계속할 수 없는 병에 걸리기도 합니다. 하지만 대다수는 그렇게 참거나 무리하지 않습니다.

돌이켜보면 내가 회사에 근무하던 무렵에는 특히 남성 사원은 모두 밤늦게까지 일했습니다. 쉽게 표현하자면 그 당시는 '울근불근 쑥쑥'의 거품 시대로, 24시간 싸울 수 있습니까?"를 표어로 삼고 '기업 전사, 싸우는 직장인'을 영웅시했습니다. 24시간 싸운다니, 애당초 불가능한 일을 아무렇지도 않게 얘기하던 시대. 이상한 열에 들떴던 그때를 떠올리면 조금 무섭기도 합니다.

그런 일본도 지금은 대기업을 중심으로 시간외근무를 줄이는 경향을 보입니다. 유명 상사에 근무하는 전 여성 동료는 소속 부서가 자회사가 된 것을 계기로 파견 사원에서 정사원이 되어 도쿄로 전근하라는 명령을 받았습니다. 얼마 전 오랜만에 만나서 얘기를 들어보니, 회사에서 수요일을 '야근이 없는 날'로 정해 운영하면서 전체적인 시간외근무가 상당히 줄고 억지로 남는 사람도 없어졌다고 합니다.

프랑스 사람이 시간외근로를 하지 않는 것이나 죽을 만큼 일하지 않는 것도 '개인'을 소중히 여기고 스스로 온·오프 스위치를 적절히 조절하기 때문입니다.

그럼 이제 내 이야기를 해볼게요. 나는 현재 여행사에 근무하면서 프랑스어와 영어 통역사로 일합니다. 문화(꽃꽂이, 다도, 노가쿠(能樂, 일본 고전 예능으로 '노'와 '교겐'의 통칭-옮긴이)) 체험을 비롯해 정원, 음식(주로 일식. 간장과 식초 양조장 방문 등) 분야를 주제로 한 관광 여행에도 관여하고 있습니다.

또한 통역사, 번역가로서 클래식 관련 텔레비전 프로그램 인터뷰나 음식 관련 일(미슐랭 별을 받은 요리사나 제과·제빵사의 강연회 등)에도 종사합니다. 최근에는 늘 염원해온, 영어로 일본 문화를 소개하는 기사를 해외용 웹진에 쓰게 되었습니다.

실은 이러한 일은 모두 내가 50대가 되고 나서 본

격적으로 시작한 것입니다. 20대부터 40대까지는 기업에서 근무하거나 꽃꽂이 관련 일도 하고 영어 학원에서 강의하는 등 이런저런 직업을 전전하며 고민하고 시행착오를 겪어왔습니다. 그리고 그런 고민과 시행착오를 되풀이한 끝에 나 자신만의 개성을 발휘할 수 있는 환경을 스스로 이룩했다고 자부합니다. 그 과정에서 발견한 '나를 빛나게 하기 위한 힌트'는 모두 프랑스 사람에게 얻었습니다. 그것이 이 책을 쓰게 된 계기였습니다.

어릴 때부터 몸이 약했습니다. 어쩌다 그런 상태가 고등학교 때까지 이어져 학교에 다니지 못한 시기가 생기자, 내겐 '결석을 밥 먹듯 하는 아이'라는 딱지가 붙었습니다. 그 탓에 또래들과 어울리기가 어려웠습니다. 대학생 때도 독불장군처럼 혼자 다녔습니다. 졸업한 뒤에는 공업기기 제조업체에 들어가 영문 소식지나 대규모 입찰 제안서를 작성하는 업무를 맡았습니다. 하지만 조직의 부속품으로 일하는 데 의문을 품으면서, 나만의 개성은 하나도 드러낼 수 없고 무엇을 하고 싶은지도 도무지 알 수 없는 상태가 이어졌습니다.

그럴 때 3년 동안 프랑스와 독일을 유학할 기회를

얻었습니다. 내 나이도 벌써 30대에 들어서 있었습니다. 불안으로 가득 찬 여정이었지만, 나는 유학 생활을 만끽했습니다. 특히 프랑스어도 잘 못하는 나를 편견 없이 받아들여 준 프랑스라는 나라와 그곳에 사는 사람들을 만나, 뭐라고 표현할 수 없는 해방감을 맛보았습니다. 처음으로 나라는 사람의 개성이 받아들여지는 것 같았습니다.

특히 두 여성이 내게 영향을 주었습니다. 둘의 공통점은 겉보기에는 제멋대로인 것처럼 보이지만 바다보다 넓은 마음으로 모든 걸 받아들이며, 정신력이 강하고, 역경이 닥쳐도 진취적으로 헤쳐나간다는 점입니다. 두 사람 모두 무척 든든한 여성이었습니다.

우선 파리에 사는 에블린은 나보다 열 살이나 어리지만 언니 같은 존재입니다. 출산하자마자 바로 이혼했는데도 약한 소리 한 마디 하지 않고 역경을 이겨내 여행사를 창업했습니다. 새로운 반려자와 만나 딸을 출산하는 등 가정을 새로이 꾸리며, 일과 가정 어느 하나 포기하지 않고 더 나은 인생을 실현하고자 오로지 앞만 보고 걸었습니다.

다른 한 명은 디종에 사는 알레트입니다. 나는 오

랫동안 꽃꽂이를 가르쳤던 어머니의 영향으로 식물이나 꽃과 함께하는 생활을 해왔습니다. 알레트는 나의 꽃 선생님입니다. 알레트는 내가 문화·역사·자연에서 계절과 시간의 흐름까지를, 꽃을 통해 새로이 대면할 수 있도록 계기를 마련해주었습니다. 디종에서 가장 유명한 꽃가게를 운영하던 알레트는 이제 은퇴해 남편과 여생을 즐기고 있습니다. 70대에 뇌경색에 걸렸는데도 지금은 완전히 건강을 회복해서 모두의 곁을 든든히 지키고 있습니다.

이 두 사람을 비롯해 유학 생활과 그 뒤 매년 반복했던 한 달 동안의 체류 생활을 통해 만난 사람들의 공통점은 프랑스 특유의 '지적 에고이즘'이라는 생활 방식을 유지한다는 점입니다. 그중에서도 특히 '관용'을 중시하는 것이 인상적이었습니다. 각 장에서 설명하겠지만 인생을 풍요롭게 하는 '지적 에고이즘'이라는 사고방식을 실천하는 그들과 만나면서 나는 내가 어떤 인간이고 무엇을 좋아하며 무엇이 하고 싶은지 다시 돌아볼 수 있었고, 수많은 힌트를 얻었습니다. 일본에서는 늘 미로 속을 헤매는 것 같았는데, 프랑스에서 '자유롭고 나답게 즐거이 살아갈 방법이 있다'라는 점을 확실히 믿을 수 있게 되어 나 자신을 해방할 수 있었습니다. 그다음부터는 스스로 가능성과 전망을 발견했고, 이는 이력을 쌓아가는 일과도 이어졌습니다. 그 경험이 바로 이 책의 바탕입니다.

내가 젊었을 때처럼 고민하고 망설이는 분이 많을 겁니다. 지금도 세상은 시시각각 변합니다. '개성을 살리는 시대', 아니 '개성을 살려야만 하는 시대'가 도래했습니다. 그러니까 이제는 과감하게 자신의 사고방식과 생각하는 방향을 조금 바꿔보면 어떨까요. 지금 내딛는 작은 한 걸음이 10년 후에는 커다란 변화를 일으킬 겁니다. 그것은 내가 직접 경험한 일입니다.

특히 30~40대는 이 변동하는 세상 속에서 여러 가지 주변 환경에 많이 좌우됩니다. 더군다나 아이를 키운다면 남보다 많은 어려움과 매일 부딪치겠죠. 하지만 그렇기에 더 자신만의 '마음가짐'을 찾아야 합니다. 오직 자신만이 진정한 자기를 발견할 수 있으니까요. 자기를 반짝이게 하는 방법도 오로지 자신만 찾을 수 있습니다.

그 첫걸음은 자신을 해방하는 것. 그러려면 우선 자기를 좋아하고 소중하게 여기는 게 중요합니다. 아무리 작은 거라도 괜찮습니다. 오늘 당장 자신의 '장점'을 하나씩 발견하는 것부터 시작해보면 어떨까요?

나답게 즐거운 인생을 사는 데에 이 책이 도울 수 있다면 무척 기쁘겠습니다.

차례

추천하며 — 우리 여성들도 행복하게 일할 수 있을까   5

시작하며 — 프랑스 사람은 지칠 때까지 일하지 않는다   11

프랑스 일하는 여성들을 소개합니다   24

1장   프랑스 일하는 여성처럼

그랑제콜 — 어릴 때부터 자신의 분야를 개척한다   36

효율 — 회의에 시간을 낭비하지 않습니다   44

마라지 — 자유분방한 개성의 연합   52

일하는 엄마 — 프랑스 워킹맘이 일하는 방식   60

스위치 — 스트레스를 참지 않습니다   66

여가 문명 — 휴가를 미루지 않습니다   70

균형 — 개인을 중시한다고 생산성이 낮아지지 않습니다   80

2장   눈치 보지 않으면 관계가 편해집니다

수다 — 프랑스 사람은 토론을 즐깁니다   90

자기주장 — 눈치 보지 않으면 관계가 편해집니다   99

대화 — 프랑스 사람에겐 모든 것이 이야깃거리입니다   105

격론 — 아니라고 말하는 것은 당연한 겁니다   111

아미 — 친밀도에 따라 바뀌는 호칭   116

세라비 — 속박하지 않고, 속박되지 않기   121

3장 생활의 미, 흥미를 붙이면 무언가 변합니다

구르메 — 단언컨대, 음식은 문화입니다   126

산책과 독서 — 가장 쉬운 사치   134

작은 소비 — 버리기라니, 말도 안 돼!   138

취미 — 주말에는 평소와 다른 일을 해보세요   144

철학 — 누가 뭐라고 해도 흔들리지 않아   149

4장 모든 것의 시작은 나

지적 에고이즘 — 프랑스식 생활 방식을 뭐라고 부를까요   154

기술, 재능, 관용 — 일하는 방식이 변하고 있습니다   159

맺으며 — 본 콩티뉘아숑!   167

프랑스 일하는 여성들을 소개합니다

프랑스에서 '지적 에고이즘'을 실천하는 사람들, '지적 에고이스트'란 구체적으로 어떤 사람일까요.

지적 에고이스트는 절대 대부호나 태어날 때부터 일류인 엘리트가 아닙니다. '지식인 계층milieu intellectuel'이라고 불리는 사람들로 구체적으로는 의사나 변호사, 대학교수 등 전문직에 종사하는 사람입니다. 다만 이 책에서 제시하는 지식인 계층은 고학력자가 아니라 '자유로운 전문직profession libérale'으로 분류되는 사람들입니다. 의사나 변호사, 대학교수만이 아니라 건축가, 요리사, 회사 중역, 중소기업 경영자 등 다양한 분야에서 독립된 전문 지식을 바탕으로 자유롭게 활약하는 '독립적 지식 활동가activité intellectuelle indépendante'를 말하는 것이죠.

참고로 '프랑스 사람이 동경하는 직업 10선'이라는 조사(직업훈련 관련 잡지 『오리앙테숑』 조사, 2014년)에 따르면, 프랑스의 인기 직업은 다음과 같습니다.

1위 사진작가
2위 건축가
3위 요리사

4위 수의사

5위 의사

6위 외과 의사

7위 인테리어 디자이너

8위 여행 플래너

9위 언론인

10위 스타일리스트

　결과가 무척 프랑스답게 나왔는데, 이런 인기 직업
에 종사하는 사람들도 역시 지적 에고이스트입니다. 전
문적인 지식을 기반으로 업무를 수행하고, 야근에 신
경 쓰지 않고 열정적으로 활동합니다. 스스로 선택해
찾아낸 자기만의 전문적인 일로 성과를 내는 것이야말
로 자신의 개성을 확장하며 사는 방법이자 일하는 방
식입니다.

　프랑스에서 유학하고 그 후 매년 한 달 동안 체류
하면서 나를 받아들여 준, '지적 에고이즘'을 실천하며
활약한 사람들의 생활 방식과 인생관에 큰 자극을 받
았습니다. 그들은 내가 나만의 길을 찾는 데 결정적인
도움을 주었습니다. 구체적으로는 1990년부터 2010년

까지, 어떤 의미에서는 지금보다 훨씬 좋았던 프랑스에서 현역으로 일했습니다.

이 책을 쓰면서 그 사람들의 이야기를 다시 들었습니다. 그 내용이 이 책의 바탕을 이룹니다. 여기서 그들이 어떤 사람인지 먼저 소개하겠습니다. 그들은 자유로운 전문직에 종사하고 프랑스와 동양의 문화를 깊이 이해합니다(프랑스 사람뿐만 아니라 일본, 스웨덴 사람도 있습니다).

존 폴(79세)

프랑스 대형 은행의 파리 근교에 있는 지점에서 디렉터로 근무했다. 거래처 중에는 모 유명 테마파크도 있다. 현재는 퇴직해 노르망디 해안에 있는 집에서 아내와 단둘이 산다.

클로드(69세)

스위스 국경에 인접한 안마스라는, 스위스 사람도 많이 사는 지역의 병원에 마취과 의사로 근무하다가 작년에 은퇴했다. 현재는 샤모니와 안시에서 가까운, 여러 산이 보이는 절경의 집에 산다.

샤를로트(64세)

클로드의 재혼 상대. 군 간호사. 등산이 취미고, 소게쓰류^{草} ^{月流} 꽃꽂이를 배운다.

미셸(62세)

대형 건축 회사에서 일하는 엔지니어(부장급)로 파리에 산다. 유명 건축가와 함께 대형 건축 공모에 참여해 프로젝트를 따내는 요직을 담당한다. 주말은 차로 세 시간 거리에 있는 교외의 세컨드하우스에서 지낸다.

크리스티앙(52세)

예술가. 교토에 살았던 적이 있다. 현재는 파리에서 산다. 일본인을 대상으로 한 가이드와 와인 수업도 한다. 휴가는 프랑스 남부에 있는 집에서 지낸다.

히토미(61세)

리모주Limoges 가마 방식(프랑스 전통 도자기 제작 방식-옮긴이)을 채용한 고급 식기 회사의 본점에 근무하며 VIP를 담당한다. 파리에 산 지 30년 남짓 된다. 남편은 프랑스 사람이다.

알레트(84세)

디종에서 유명한 플로리스트로 활약한다. 독일 총리와 프랑스 대통령의 디종 회담 때 실내 꽃 장식을 담당했다. 디종 교외에 있는 수영장이 딸린 저택에서 살았었는데, 현재는 이사해 근교에 산다. 오하라류小原流 꽃꽂이 사범이다.

기(86세)

알레트의 남편. 유제품 제조회사에서 공장 기기를 고안하는 일을 담당했다. 퇴직 후에는 알레트가 쉰 살부터 시작한 꽃집 '코키시넬'에서 꽃 운반을 도우면서 디종 교외에다가 수영장 딸린 저택을 실내장식까지 포함해 스스로 지었다.

다니엘(52세)

알자스에 산다. 부동산 관련 회사에서 임원급으로 일했다. 상사와 호흡이 안 맞아 우울증을 겪은 적도 있다. 바칼로레아baccalauréat를 우수한 성적으로 졸업한 아들은 대학에서 교수를 목표로 공부한다. 최근 재혼해 신축 자택을 샀다. 주말은 배우자가 원래 살던 집에서 지낸다.

에블린(46세)

기업에 기획 상품을 판매하는 여행사를 경영한다. 열다섯 살짜리 아들을 비롯해 2년 전에 새로운 반려자와 사이에서 출산한 딸이 있다. 자녀 양육과 일을 병행한다. 외국 여행을 주로 기획하는데, 아이가 어려서 중국이나 브라질 사람을 파리로 데려오는 인바운드 사업으로 이행한다. 경영에서 쌓은 비결를 바탕으로 종업원을 고용하지 않고 혼자 회사를 운영한다.

폴(49세)

공장용 기기를 제조·판매하는 중간 규모의 회사를 경영한다. 수영장이 딸린 저택에서 반려자, 개와 산다. 부모 세대는 전후 부흥기에 오로지 일만 했는데, 자기들 세대는 인생을 더 즐기기를 선호한다고 얘기한다.

패트릭(69세)

스웨덴 사람인데 프랑스에서 산 지 35년이 된다. 하버드대학교 졸업. 금융과 관련한 일을 했는데, 현재는 은퇴해 소설을 집필한다. 겨울에는 파리, 여름에는 프랑스 남부의 칸 근교에서 우아하게 산다.

마들린(64세)

패트릭의 아내로 역시 스웨덴 사람이다. 뉴욕에서 살 때부터 다도를 취미로 삼아, 다도 시간에 사용하는 이름이 따로 있을 정도다. 칸 근교에 있는 여름용 별장 근처의 골프 코스 회원인데 실력이 매우 뛰어나다.

기욤(79세)

디종에 있는 유도·합기도장을 경영하는 검은 띠의 사범으로 많은 제자를 거느리고 있다. 아이들도 가르친다.

안(77세)

기욤의 아내. 전 초등학교 교사. 현재는 발레리나인 딸을 돕고자 손자를 돌본다.

피터(83세)

스위스 바젤에서 회사를 경영했는데, 현재는 은퇴해 알자스 지방의 작은 시골에서 산다. 새로운 것을 좋아한다. DVD도 인터넷도 구글도 아직 일본에 보급되기 전부터 이 작은 마을에서 내게 가르쳐주었다.

아멜리(80세)

피터의 아내. 경건한 가톨릭 신자. 문학·역사·철학 등을 모두 책으로 독학한다. 걸어 다니는 사전.

샤를로트(42세)

변호사의 딸로 어학 학교에서 비서로 일하다가 결혼한 후 퇴직했다. 파리 16지구에서 사르코지 전 프랑스 대통령이 전에 시장을 했던 고급 주택가 뇌로 이사했다. 현재는 세 아이의 엄마다. 부모와 여동생 가족도 같은 지역에 산다. 교육에 열성적이다. 가사를 돌봐줄 도우미를 고용하고 있는데, 자녀 양육과 집안 살림은 그 도우미가 도맡아 한다.

로렌스(84세)

모 요구르트 제조회사 창업자의 딸. 남편은 개업의다. '새시팜'이라는 출산 전후의 임산부를 돕는 일을 한다. 동종요법homeopathy 자격증이 있어서, 아프리카의 여러 나라에서 새시팜 교육과 동종요법 보급에 공헌하고 있다. 현재는 은퇴해 몽생미셸 근처 별장지에서 산다.

제레미(32세)

교토에 산다. 내가 근무하는 여행사의 동료. VIP용 여행 상품 기획가로 일하며, 특기인 분야는 신도(神道, 일본 고유의 민족 종교-옮긴이)와 노가쿠의 역사다.

여러분, 위에 소개한 프랑스 사람들은 모두 자기가 좋

아하는 것 혹은 잘하는 것을 직업이나 취미로 삼고 인생을 즐기며 은퇴 후에도 풍요롭게 살아갑니다.

1장

프랑스
일하는 여성처럼

리더란 '희망을 나누는 사람'이다.

나폴레옹 보나파르트

어릴 때부터 자신의 분야를 개척한다

프랑스에는 하고 싶은 일을 하면서도 안정적으로 생계를 유지할 수 있는 시스템이 마련되어 있습니다. 그것은 바로 독특한 교육 시스템입니다. 프랑스의 교육제도를 먼저 설명하는 이유는, 자신이 좋아하는 것을 일로 삼는 프랑스 사람들의 직업 문화가 '그랑제콜'로 상징되는 프랑스 교육에서 출발하기 때문입니다. 개인주의를 잘 활용하려면 개인이 전문 분야에 종사하도록 해야 합니다. 그래야 업무 능력을 높일 수 있습니다. 업무에서 개인주의가 중요하게 여겨지고, 개인의 능력과 전문성에 따라 일이 분배됩니다. 일의 범위와 내용이 명확하고, 자기에게 맞게 일할 수 있는 체계를 지원합니다. 사무실은 각자의 개인 공간으로 나뉘고 책상도 독립되어 있습니다. 각자의 방에서 자기 일을 책임지고 합니다.

확실히 자신이 좋아하는 것, 잘하는 것을 해야 즐겁습니다. 일도 마찬가집니다. 그렇게 하는 편이 조직의 생산성도 높아집니다. 그러나 우리는 이러기가 몹시 어렵습니다. 일에는 당연히 하기 싫고 힘든 일이 포함되고, 회사에 다니려면 그것을 감수해야 한다고 세뇌해 오지 않았나요. 물론 하기 싫은 일을 전혀 하지 않을 수는 없습니다. 하지만 좋아하는 일, 잘하는 일을 중심에 둘 수 있다면 자신의 장기를 더 발휘할 수 있지 않을까요.

각자의 능력과 전문성을 일의 바탕에 둔 탓인지 프랑스 사람은 직종에 집중합니다. 기업의 이름보다 어떤 일을 해왔는가, 얼마나 전문적인가, 어떤 특별한 능력이 있는가가 평가되기를 바랍니다. 유명한 기업에 근무하느냐 아니냐는 이차적인 문제입니다.

전문직을 선호하는 사람이 많다는 사실은 교육 체계에도 반영되어 있습니다. 열다섯 살부터 열여덟 살까지 받는 후기 중등교육은 리세(lycée, 한국의 일반 고등학교와 유사)와 직업·공업교육 리세(lycée technique, 한국의 특성화 고등학교와 유사)로 나뉩니다.

직업·공업 리세에서 2년간 공부한 뒤 국가시험에 붙으면 자격증이 나옵니다. 학생들은 학교와 제휴한 기업에서 자신의 전문 분야를 실습할 기회도 얻죠. 직종도 요리나 제과·제빵, 플로리스트, 건축, 토목, 전자 기술, 농업, 와인 생산, 경리, 비서, 호텔업 등 다양합니다. 한국이나 일본에서는 상업고등학교나 공업고등학교에 진학해서도 자신의 진로가 취업인지 진학인지 갈피를 잡지 못하는 학생이 많습니다. 하지만 프랑스에서는 열다섯 살에 학교에 입학하면서 자신이 뭘 하고 싶은지 정해야만 합니다.

한편 일반 리세를 졸업하고 대학에 진학하려면 바칼로레아(통칭 바크)라는, 고교 졸업 자격과 대학 입학 자격을 겸한 전국 공통 국가시험(일본은 센터시험, 한국에서는 수능)을 쳐야만 합니다. 엘리트의 등용문인 그랑제콜Grandes Écoles에 입학하려면 물론 이 바칼로레아 성적이 중요합니다.

리세에서는 2학년 때 국어(프랑스어) 수업을 받고,

3학년 때 자연과학·인문과학·사회과학으로 나눠진 다음 많은 교과의 시험을 쳐야 합니다. 주목해야만 하는 점은 3년간 배우는 필수과목 중에서 (자연·인문·사회에 따라 차이점은 있지만) 수학과 철학이 중요 과목이라는 겁니다. 특히 수학을 못하는 엘리트는 없다고 여겨질 정도입니다. 그것은 프랑스 대기업 대표의 85퍼센트가 그랑제콜 출신 엔지니어라는 점에서도 알 수 있습니다.

직업·공업교육 리세에 들어가 전문직을 선택한 사람에게도 최고의 엘리트가 될 기회는 열려 있습니다. 자신의 전문 분야에서 최고 수준에 이르면 됩니다. 가장 유명한 예는 프랑스 요리를 하는 요리사 중 주방장 chef입니다. 주방장의 유니폼 옷깃 부분은 국기처럼 3색으로 되어 있습니다. 이는 직인으로서 한길을 걸었다는 것을 국가가 증명하는 훈장 같은 것입니다. 한 분야에서 최고에 이르면 대학이나 그랑제콜을 나오지 않더라도 사회적으로 인정받는 사람이 된다는 뜻입니다. '국가 최우수 직인장Meilleur Ouvrier de France, MOF'을 수여해 엘리트로 대우하는데, 그 수는 그랑제콜 출신과 마찬가지로 손에 꼽을 정도입니다.

여담이지만 유럽 어린이들에게 인기가 많은 역사 만화 『아스테릭스』의 원작자 르네 고시니는 프랑스에서 50년이나 사랑을 받아온 『꼬마 니콜라』를 지었습니다. 비교적 쉬운 프랑스어를 사용해 지은 이 책은 프랑스어를 처음 공부하는 사람들이 읽기 적당한 책입니다. 게다가 구어체로 되어 있어서 읽기 더 편하죠. 『꼬마 니콜라』에는 주인공 니콜라와 개성 넘치는 친구들이 벌이는 사건이 가득합니다. 프랑스 아이들은 니콜라라는 소년을 자신과 동일시합니다. 그리고 열심히 이 책을 읽습니다. 나는 이 책이야말로 프랑스 개인주의의 본바탕을 이루는 책이라고 절절히 느낍니다.

또한 『프랑스인과 미국인』이라는, 프랑스 사람과 미국 사람의 부모·자식 관계를 비교한 책이 있습니다. 이 책의 저자에 따르면, 미국 아이는 부모의 애정을 갈구하는 데 반해 프랑스 아이는 부모에게 자유와 독립을 요구한다고 합니다. 학비가 비싸고 대학을 나올 때까지 금전적인 지원을 받는 것이 당연한 미국이나 한국, 일본과 달리 프랑스에서는 일부 그랑제콜을 제외하면 대학 학비는 무료입니다. 그 때문에 장학제도를 이용하기도 하지만, 독립하기 쉬운 환경입니다. 게다가 어릴 때부터 개인주의를 계속 배우므로 '빨리 독립하고 싶다'라는 아이들의 마음과 '빨리 독립했으면 좋겠다'라는 부모의 마음이 자연스럽게 만납니다. 누구나 성인이 되면 부모의 슬하를 떠나 홀로 살아가야 한다는 것을 받아들이고 실천하고 있습니다. 프랑스에서는 열여덟 살이 되면 가족과 떨어져 혼자 혹은 친구나 반려자와 함께 사는 일이 많습니다.

물론 프랑스 교육제도라고 해서 완벽한 건 아닙니다. 바칼로레아도 수준을 너무 낮춰 지금은 수험자 대부분이 통과하는 시험이 되어버린 것 등 다양한 문제가 있습니다. 직업교육이라고 해도 어릴 때 자신의 전문 분야를 정해야 한다는 점에 찬반 여론이 비등합니다. 이 책에서는 그런 교육제도의 자세한 내용이나 문제점은 생략하지만, 아무튼 프랑스 사람들이 상당히 이른 시기부터 자기만의 전문 분야를 개발하고 개성을 확장한다는 것은 분명합니다.

자신의 대학 시절을 돌이켜봐도 좋을 것 같은데, 우선 대학에 들어간 다음에 장래를 생각하자는 사람이 아주 많습니다. 나도 '일단 대학을 나온 다음에 무슨 일을 할지 결정하자'라고 생각했습니다. 지금은 상당히 바뀌었다고 해도, 예전에는 어떤 대학을 나왔는지가 중요했습니다. '좋은 성적으로 대학을 졸업해 이름 있는 기업에 취직한다, 그리고 2~3년간 일한 뒤 결혼하면서 퇴사한다.' 사회는 이러한 규칙을 여성에게 암묵적으로 강요했죠. 만약 대학 시절에 혹은 그보다 빠른 시기에 국가나 행정, 교육기관이 추진하는 연수 제도 같은 게 있었다면 제 갈 길을 발견하는 기회가 되지 않았을까요.

운동선수는 어릴 때부터 훈련을 시작합니다. 점점 더 운동을 시작하는 나이가 어려지는 것 같습니다. 모든 운동선수의 사례가 같지는 않겠지만 자신이 좋아하는 것을 발견하고, 이른 나이에 재능을 키우고, 전문직으로서 의식을 높이는 것은 아주 훌륭한 일이라고 생각합니다. 자신이 무엇을 하고 싶은지, 무엇을 할 수 있는지 알아내서 전문직으로 나가는 것! 그런 사람이 더 행복하게 일하지 않을까요.

회의에 시간을 낭비하지 않습니다

일 좀 하려고 하면 회의. 이 피할 수 없는 회의를 프랑스 사람들은 어떻게 활용할까요.

우리 사회에서는 결정권이 마치 '약육강식의 피라미드'처럼 여러 층으로 나뉘어 있습니다. 특히 대기업은 상사의 결재가 서너 군데나 필요할 때가 있습니다. 신중히 처리하려는 것이겠지만 매사를 결정하는 데 너무 시간이 걸립니다.

그리고 모든 일은 회의에서 결정됩니다. 작은 회의가 끝난 후 최종 결정 회의가 이어지는 식이지요. 그러니까 아무 내용도 없이 회의 또 회의입니다. 회의의 중요성을 부정하는 건 아니지만, 그 횟수가 너무 많습니다. 하물며 모이는 것 자체가 회의의 목적이 아닌가 의심될 때도 있습니다.

얼마 전, 한 회사에 인사하러 갔을 때 옆 회의실에서는 스무 명 정도의 남성이 긴 탁자를 끼고 앉아 있었습니다. 그곳에 여성은 한 명도 없었습니다. 그 회사의 가장 중요한 인력은 입사 2~3년 차의 여성 직원인데도 말입니다. 유감스럽게도 중요 결정 사항에 여성의 의견은 반영되지 않는 것 같았습니다. 그것을 보면서 한 텔레비전 형사 드라마의 유명한 대사가 떠올랐습니다. "사건은 회의실에서 일어나지 않아. 현장에서 일어나지!"

전형적인 일본 기업을 풍자하는 책이 있습니다(『두려움과 떨림』, 아멜리 노통브). 대학을 갓 졸업한 아무것도 모르는 벨기에 여성이 연수차 일본 기업에 입사해 당황하는 모습을 프랑스어로 그렸습니다. 벨기에 외교관 딸이 실제 경험을 바탕으로 쓴 책인데, 프랑스에서는 50만 부나 팔렸습니다.

영화로도 제작되었는데 큰 인기를 끌었습니다. 유럽인이 보기에는 전형적인 남성 위주 수직 사회인 일본에서 벌어지는 회의 장면이 그토록 신기한 일이겠지요. 특히 여성에게는 충격적일 겁니다. 왜냐하면 프랑스나 벨기에 회사에서는 일본처럼 남자들만 모인 회의에서 모든 것을 결정하지 않기 때문입니다.

프랑스는 합리성과 효율을 추구합니다. 그러므로 괜한 회의는 하고 싶어 하지 않습니다. 그렇다고 회의를 전혀 안 한다는 의미는 아닙니다. '레이뇽reunion'이라고 하는 프레젠테이션을 하거나, 브레인스토밍처럼 아이디어를 서로 내어 가장 나은 방법을 찾아내는 회의를 엽니다. 일의 생산성을 저해할 정도로 장시간이 걸리는 정례 회의는 없는 대신 명확한 주제와 목적을 가지고 모입니다.

그들이 어떤 식으로 회의를 열고, 어떤 식으로 생각하는지 몇 가지 구체적인 예를 소개하죠.

현역 시절에는 대형 은행에서 디렉터로 근무하고 정년퇴직하여 지금은 노르망디 지방에서 생활하는 존 폴(70대)은 회의에 대해 이렇게 말합니다.

회의는 정보를 공유하는 장으로 중요합니다. 회의를 통해 각자 의욕도 생깁니다. 출석자 열 명 단위의 회의가 일주일에 총 두세 시간. 간부가 참여하는 전체 회의는 한 달에 두세 번 정도. 은행에서 결정권은 매우 명확해서 나는 5만 유로(약 500만 원) 대까지 결정할 수 있었습니다. 상사인 이사는 500만 유로(약 65억 원)까지, 나아가 사장은 2000만 유로(약 260억 원)까지 결정할 권한이 일임되어 있습니다. 안건 총액에 따라 결정권이 바뀌는 수직적 체계가 잡혀 있었습니다.

또 몽블랑에서 유명한 샤모니 근처 오트사부아 지방에서 사는 전직 마취과 의사인 클로드(60대)는 이렇게 단언합니다.

같은 목적을 이루고자 효율적으로 일하려면 회의는 꼭 필요할 때만. 물론 마취과 의사로서 환자의 정보는 공유해야만 한다. 수술 중에는 외과, 마취과 의사와 간호사 등이 각각 전문적인 임무를 수행하면서 팀으로 일해야만 하기 때문이다. 회의는 좀 더 효율적으로 일하기 위한 수단이다.

또한 파리의 큰 건축 회사에서 일하는 미셸(50대)은 회의의 비효율성에 대해 말해주었습니다. 건축 기사로서 많은 유명 건축가와 일하고, 큰 프로젝트나 공모에 참여했던 미셸은 일본과 비교하면 짧다고 여겨지는 프랑스 회의 시간도 길다고 느낍니다. 나아가 회의의 효율성이 떨어진다고 한탄합니다.

"제시간에 시작하지 않는다. 준비가 제대로 되어 있지도 않다. 하루 중 언제 시작할지 몰라 일을 방해할 때도 있다. 실시 계획에 대한 결론이나 결정 사항이 있는 것도 아니다. 도대체 뭣 때문에 회의하는 거지?"

효율이 떨어지는 회의라면 안 하는 편이 낫지 않을까요?

여행 관련 일을 하는 예술가 크리스티앙(40대)은 현재는 파리에 살지만, 교토에 오래 산 경험이 있습니다. 크리스티앙은 당시 사업차 일본을 방문했던 임원 여러 명에게 이런 질문을 받았다고 합니다. "여러분은 왜 늘 회의만 합니까?" 아무래도 일본의 회의 체계가 희한했던 모양입니다.

프랑스 사람은 회의를 대하는 태도 자체가 우리와 완전히 다릅니다. 프랑스에서 회의는 어디까지나 정보를 공유하고 목표를 세우고 좋은 아이디어를 찾는 장이지, 매사를 결정하고자 얘기를 나누는 장이 아닙니다.

그렇다면 어떻게 해야 할까요. 물론 회사라는 조직 속에서 내일부터 당장 프랑스식 회의를 열려고 한다면 안 될 게 분명합니다. 그거야말로 낭비죠. 그런데 만약 여러분이 30~40대라면 작은 회의를 소집할 일이 있겠죠. 그럴 때 그 회의가 일을 원활하게 수행하는 데 의미가 있는지, 정보 공유와 브레인스토밍의 장인지, 효율적으로 마무리까지 진행되는지를 우선 의식하면 어떨까요.

그리고 회의를 좀 더 전문 분야별로 나누는 것도 대안입니다. 회의에서 전문 분야에 대해서만 의논하고 결정한다면 구성원에게 동기를 부여하고 더 효율적으로 일할 수 있지 않을까요. 이러려면 개인보다 조직이나 회사 전체의 의식 개혁이 필요하겠습니다만.

최근에는 스마트폰이나 SNS를 일에 활용하는 사람이 늘어나, 모바일 메신저를 이용하거나 해외와 스카이프로 회의하는 사례도 많아졌습니다. 이제는 굳이 사람들이 한자리에 모여 회의에 매달릴 필요도 없습니다.

회의는 명확한 방향성이 있어야 합니다. 적어도 일을. 방해하지 않도록 목적을 분명히 하고, 효율을 높일 수 있도록 늘 고민하는 것이 가장 중요하지 않을까요.

자유분방한 개성의 연합

프랑스 사람은 자기들이 집단 활동에 약하다는 점을 자각하고 있습니다. '개성'이 집단 활동에 방해가 되기 때문입니다. 자신이 가장 중요하다고 생각하므로 특히 다른 사람과 일을 나눠서 하지 못합니다.

하지만 그런 프랑스 사람도 팀워크를 잘 살릴 때가 있습니다. 전문직의 모임, 즉 각자가 저마다 다른 일을 하지만 목표로 하는 지점이 같을 때입니다. 축구로 치자면 (공격과 수비에서 다양한 임무를 맡아야 하므로 완벽하게 분업형이라고는 할 수 없더라도) 골키퍼, 수비수, 공격수, 미드필더처럼 전문적인 임무가 있을 때입니다.

과거 J리그 유스에 소속되었던 I(30대)가 이런 말을 해주었습니다.

"축구는 각 포지션에 따라 역할이 다른 스포츠입니다. 프랑스는 개성 있는 선수를 모아 팀워크를 구축하는데, 일본은 개성이 드러나지 않는 팀워크를 중요시합니다. 그것이 프랑스와 일본 축구의 가장 커다란 전략 차이입니다."

축구라는 같은 운동을 하지만, '개성'을 최우선 가치로 두는 프랑스와 '팀워크'를 위해 '개성'을 억누르는 일본은 다르다는 겁니다. 또 다른 프랑스 친구도 같은 말을 했습니다.

"프랑스 사람도 힘을 합침으로써 개인은 이룰 수 없는 일을 해낼 때 얻는 즐거움을 압니다. 저마다 다른 개성과 장점이 있는 사람들이 만들어낸 새로운 가치의 '결합mariage'에는 열의를 보입니다. 다만 그때는 관현악단 지휘자 같은 정말 능력 있는 리더(축구에서는 감독)가 반드시 있어야 합니다."

자, '지적 에고이스트'의 정의가 전문직이라는 점은 앞에서 설명했습니다. 그런 전문가 집단이자 개성이 넘치는 집단에는 정말 능력 있는 뛰어난 리더가 없으면 팀워크가 제대로 기능하지 않겠죠. 그럼 진정한 리더란 어떤 사람일까요.

앞서 소개한 은행에서의 결정권과 비슷한데, 프랑스에서는 CEO에게 결정권이 집중되는 경향이 있습니다. 경영에서 소수 엘리트의 리더십이 가장 기본입니다. 주주보다 이해관계자 전체의 이익을 중시하죠. 그러므로 미국 기업보다 보수적이고 예의·규칙·절차도 매우 까다롭습니다. 선두의 자질에 따라 업적도 달라집니다.

여러분도 잘 알다시피 프랑스의 자동차 회사 르노가 닛산 재건에 나섰을 때 정상에 오른 사람이 카를로스 곤입니다. 실적을 회복하려면 곤의 강한 카리스마와 리더십이 필요했습니다. 곤은 레바논계 브라질 사람인데, 프랑스 공학계 그랑제콜 중 하나인 '파리국립고등광업학교'를 졸업했습니다. 이 '그랑제콜'이야말로 엘리트를 길러내는 프랑스만의 교육 기관이죠. 졸업하면 출셋길이 약속되어 있습니다.

앞서 소개한 '그랑제콜'을 좀 더 설명하죠. 그랑제콜은 일반적인 대학이 아니라 더 전문적이고 수준 높은 공부를 할 수 있는 고등 직업교육기관으로 엔지니어학교, 고등사범학교, 상업학교 등 다양합니다. 특히 에콜·폴리테크니크, 국립고등광업학교, 국립행정학원 ENA, 경영대학원HEC이 유명합니다. 이런 곳에서 저명한 정치가나 경영자 등 탁월한 인재가 배출됩니다.

가장 오래된 그랑제콜은 국왕 루이 15세의 명령에 따라 1774년에 세워진 국립토목학교, 엔지니어를 양성하는 학교입니다. '테크노크라트technocrat'는 고도의 전문적 기술을 보유하고, 조직 관리나 운영에 참여하고, 의사 결정과 행정 집행에 권리를 행사하는 기술 관료입니다. 애당초 이렇게 성립된 까닭인지 프랑스는 아직도 이과 중심의 사회라서 우수한 리더에는 이과 출신이 많습니다. 앞에서도 얘기했듯 프랑스 대기업 대표 중 그랑제콜 출신 엔지니어가 85퍼센트를 차지할 정도입니다.

그 뒤 엘리트 교육에 심혈을 기울인 사람이 바로 나폴레옹입니다. 나폴레옹은 신분에 상관없이 자신처럼 우수한 인재를 발탁하려고 했습니다. 그로부터 오랜 세월이 흘러 제2차 세계대전 후에는 국립행정학원이 생겼습니다. 처음에는 기술 위주로 교육하다가 서서히 정부 고관, 최고 경영자를 육성하는 엘리트 학교

가 된 그랑제콜도 창립되었습니다.

파리에 산 지 30년 남짓 된 히토미는 프랑스와 일본의 교육제도 차이를 자세히 압니다.

"프랑스의 교육체계에서는 엘리트를 기르는 게 가장 중요합니다. 실무에 곧장 투입할 수 있는 전문가와 임원을 요구하지요. 정치·경제·과학·군사 등 분야의 엘리트는 자신이 국가의 기초를 지탱한다는 것을 자각하고 있습니다. 일본의 일류 대학에는 매년 3만 명 정도가 입학하지만, 프랑스의 엘리트 학교는 입학자가 연 100명 미만일 때도 적지 않습니다. 그만큼 어려운 관문인 동시에 학생 두 명당 교수 한 명이 붙을 정도로 학생 한 명에게 쏟는 예산도 대단합니다."

물론 이렇게 엘리트를 선발하고 양성하는 것에 부정적인 의견도 있습니다. 프랑스에서는 '엘리트'라는 단어가 '특별히 뽑혀 우수한 능력과 특수한 상황을 물려받는 사람'이라는 뜻으로 사용합니다. 그래서 이 단어를 칭찬으로 여기지 않습니다. '자유', '평등'이라는 프랑스 이념 아래에서는 받아들이기 어려운 측면도 있죠. 그러나 엘리트가 정치 분야에서 프랑스 사회를 이끄는 것에 사회 전체가 합의한다는 점도 분명합니다.

나폴레옹과 같은 엘리트 말입니다.

엘리트들이 사회에서 리더로 일하며 구성원들의 개성과 능력을 이끌어내려면, 이러한 사회적 합의가 반드시 선행되어야 합니다. 프랑스뿐만 아니라 세계 역사를 봐도 뛰어난 리더 아래에서 국가나 집단이 번영했던 예가 많습니다.

조직적으로 일하는 게 동양인의 특기라고는 해도 요즘은 각자의 개성을 활용해 업무를 처리하는 젊은이가 늘어나고 있습니다. 이제는 대학을 나온 것만으로는 취직하기 어려운 시대입니다. 누구든 전문 기술을 배우고 익히지 않으면 일자리를 얻을 수 없죠.

이들은 그 무엇보다 사생활을 중요하게 여깁니다. 게다가 기업 부도, 정리 해고 등 경제가 붕괴되어 자신들의 부모 세대가 일자리를 잃고 거리에 내몰린 모습을 지켜봤기에, 조직에 기대는 것이 아니라 개인의 가치를 높여 생존하려는 경향이 강합니다. 이들이 앞으로 어떤 삶을 살지, 기성 세대의 일하는 방식을 어떻게 바꿀지 기대가 됩니다.

이제 개성을 활용해야 하는 시대가 찾아왔습니다. 그런 시대이므로 분명한 전망과 탁월한 발상 그리고

앞을 내다보는 통찰력을 겸비한, 개성이 있는 인재를
모아 활용할 줄 아는 리더가 필요하다고 생각합니다.
또 그런 사람들을 어떻게 육성할지가 중요하겠죠.

프랑스 워킹맘이 일하는 방식

지적 에고이즘이 적용되는 직종은 '자유로운 전문직'으로 분류하는, 고도의 기술과 지식을 보유한 전문직이라고 이미 이야기했습니다. 그것은 의사나 변호사, 대학교수 같은 직업에 국한되지 않습니다. 모든 분야에 적용됩니다. 이제 막 30~40대가 된, 그리고 자녀까지 키우는 일하는 엄마들이야말로 이 자유로운 전문직으로 일하라고 권하고 싶습니다.

오늘날 여성은 자신이 하고 싶은 일과 진로를 결정하되 결혼도 일도 출산도 포기하지 말라고 배웁니다. 적어도 결혼하면 일을 그만둬야 했던 제 세대보다는 훨씬 자유롭습니다. 그래도 여전히 출산 후부터 유아기 아이를 키우는 기간 등 시기에 따라 일하는 방법을 고민할 필요가 생깁니다. 그럴 때라도 얼마든지 자신의 경력과 전문 기술, 취미를 활용해 프리랜서로 일하거나 머릿속에만 있던 구상을 사업으로 바꾸는 일은 할 수 있습니다.

프랑스 친구의 예를 몇 가지 소개하죠. 아이를 키우면서 일하는 30~40대의 든든한 워킹맘들입니다.

마리앵(30대)은 자택 근처에 사무실을 두고, '유행 노트cahierde tendance'를 작성하는 일을 시작했습니다. 미국 잡지사에서 일했던 경험을 살려 펜 디자인부터 기업 이미지까지 다방면에 걸쳐 그 시대의 양식과 유행을 조사해서 기업에 새로운 방향성을 제시하는 일입니다. 프랑스뿐만 아니라 영국의 대기업과도 함께 일합니다. 자료 수집 능력과 함께 독창성이 필요한 일이라고 할 수 있습니다.

소피(30대)는 칸 근처에 살며 '아이디어 엔지니어링 컨설턴트'라는 직함으로, 아이디어를 제안하는 일을 합니다. 집 일부를 사무실로 사용합니다. 화랑이나 예술가를 위해 디자인 가치가 높은 홈페이지를 만들거나 신상품 제안, 판로 확대 등을 추진합니다. 자신의 발상력과 네트워크를 활용해 중국이나 미국 시장을 타깃으로 하는 일을 전개하죠. 틈새시장을 만들어내 고객을 확보합니다.

에블린(40대)은 파리에서 여행사를 운영합니다. 유럽이나 미국에서 학회나 모임을 준비하는 단체 고객을 상대로 호텔이나 회의실, 교통편 등을 마련해주는 일을 하죠. 예전에는 대형 관광 회사에서 근무했는데, 이혼을 계기로 심기일전하여 동료와 사무실을 연 지 10년이 넘었습니다. 원래는 해외 출장이 많았는데, 아이를 집에서 직접 돌보기 위해 지금은 파리에 오는 고객들의 출장 여행을 지원하는 일만 합니다.

이렇게 일하는 엄마들의 든든한 편이 되어주는 사람이 있습니다. 프랑스에서 '누누Nounou'라고 부르는, 자격이 있는 보모입니다. 에블린도 이 누누의 도움을 받았습니다. 프랑스 일하는 엄마들은 주로 '베이비시터 셰어링'을 이용합니다. 여러 엄마가 한 명의 누누에게 비슷한 나이대의 아이들을 함께 맡기는 제도죠.

일하는 엄마들에게는 도움이 필수적입니다. 지금 저출생이 큰 문제라고들 말하지만, 정작 아이를 낳아도

자리가 부족해 보육원에 자녀를 보내지 못하는 실정입니다. 엄마들을 지원하는 제도가 충분하지 않습니다.

또 아이는 엄마가 키우는 게 가장 좋다는 뿌리 깊은 사고방식도 여전합니다. 물론 전업주부나 육아에 전념하는 것도 '전문직'입니다. 하지만 만약 그 여성이 일하는 엄마라는 길을 선택했을 때 언제라도 도움을 구할 수 있어야 합니다. 그리고 사회 구성원들도 그게 나쁘다고 생각하지 않아야 합니다. 보모 고용 비용이나 보육료에 월급을 다 써버리면 어떻게 하느냐고 걱정할지도 모릅니다. 하지만 그럴지라도 경력을 유지하고 싶다고 생각하는 여성이 많을 겁니다. 한번 일을 그만두면 재취업하기가 쉽지 않은 게 현실이니까요.

엄마가 되면 독신 때와 마찬가지로 회사원으로 일하기는 어려울 수 있습니다. 이럴 때 육아나 청소 같은 가사는 좀 더 쉽게 전문가에게 도움을 구할 수 있다면 여성이 아무것도 포기하지 않는 인생을 살 수 있지 않을까요.

여성은 남성보다 발상이 유연하고, 상대적으로 더 다양한 영역에서 전문 기술과 경험을 쌓을 수 있다고 생각합니다. 직접 액세서리를 만들거나 메이크업 방법을 가르치는 등 여성만의 발상과 기술로 온라인 사업 시장에 진출한다는 뉴스를 텔레비전에서 봤는데 정말 멋진 일입니다. 아이가 있고 일에 사용할 수 있는 시간이 한정되어 있다면 온·오프를 적절히 바꾸며 살 수밖에 없습니다. '지적 에고이즘'을 적용하여 일하는 방식은 그야말로 30~40대 여성에게 적합합니다.

스트레스를 참지 않습니다

극단적으로 말하자면 프랑스 사람은 스트레스에 약합니다. 실제로 프랑스는 수면제를 가장 많이 사용하는 나라로 알려졌습니다. 반면 자살자는 일본만큼 많지 않습니다. 왜 그런 걸까요? 프랑스 사람은 자기가 스트레스에 약하다는 것을 잘 알고 있습니다. 그래서 수면제를 사용하는 등 적절한 대책을 마련해 자살이라는 극단적인 선택을 미리 차단할 수 있는 것이죠. 힘들어도 참으며 스트레스를 견디는 것을 당연하게 여기는 게 과연 현명한 태도일까요. 업무나 직장 인간관계에서 받는 스트레스, 업무 체계의 악순환 탓으로 자살에 쫓

기는 사람을 뉴스에서 볼 때마다 가슴이 찢어질 것만 같습니다. 근면과 강한 인내심이 나쁜 방향으로 작용해버린 예가 아닐까요.

자신을 몰아붙여 소진해버리기보다는 그 앞에서 멈추는 게 당연히 낫습니다. 프랑스 사람이 야근하기보다 사생활을 충실히 하려는 것도 스트레스를 해소하는 데 큰 도움이 되기 때문입니다. 업무 스트레스는 그날 풉니다. 뒤에서 설명하겠지만 수다를 좋아하고, 자기 고민을 다른 사람에게 잘 털어놓고, 상담하는 일을 부끄럽게 여기지 않는 등 오히려 확실한 대응 수단이 있는 프랑스 사람에게 배울 점이 많습니다.

스트레스에 약한 것과 고민을 상담하는 것은 절대 부끄러운 일이 아닙니다. 오히려 강점입니다. 그것이 자신의 현재 위치를 파악하고 문제에 빨리 대처하게 해서 소진을 막습니다. 결과적으로 일도 인생도 오래 계속할 수 있는 긍정적인 순환으로 이어집니다.

기업들이 직원들의 시간외근무를 줄이려는 시도는 이제 특별한 일이 아닙니다. 대기업을 중심으로 그런 경향이 빠르게 번지고 있습니다. 또 컴퓨터나 스마트폰, 태블릿 등을 활용해 어디서나 일할 수 있게 되었죠. 일

하는 시간과 공간이 변하면 일하는 방식도 바뀌어야 하죠. 개인이 자기 일을 효율적으로 처리하고, 노동시간도 직접 결정하는 것. 그거야말로 지적 에고이즘 방식으로 일하는 태도라고 할 수 있습니다.

프랑스 사람은 틀림없이 우리만큼 고생을 잘 참지 못할 겁니다. 어떤 일을 하든 압력이나 스트레스는 어느 정도 따라다니니까, 그런 상황에서 자신이 얼마나 참을 수 있는지 한계를 아는 것은 매우 중요합니다. 약한 인내심이 어떤 의미에서는 좋게 작용합니다. 맞습니다. 울트라맨이 3분간 활동할 수 있는 타이머를 가슴에 설치한 것과 마찬가지로(인내심이 3분이면 너무 짧지만!) 제한된 시간 내에 효율적으로 일에 집중해 성과를 내고, 일이 끝나면 스위치를 끕니다. 그리고 자신만의 안식처로 사생활을 즐기러 돌아갑니다.

관습에 얽매이지 않는 개인주의적 업무 수행 방식을 익힌다면 결혼해 가정을 꾸린 여성도 쉽게 사회에 진출할 수 있지 않을까요.

휴가를 미루지 않습니다

프랑스 사람은 휴가가 긴 것으로 유명합니다. 프랑스에서는 1982년 이후 모든 노동자에게 연간 25일의 유급휴가를 법률로 보장합니다. 게다가 여기에 주말을 더하면 연간 약 5주간의 휴가를 즐길 수 있으므로 장기휴가를 떠납니다. 특히 여름휴가는 매우 중요합니다. 가장 큰 행사이므로 1년 전부터 계획을 세웁니다. 프랑스 사람은 휴가를 가려고 일합니다. 프랑스 사람이 여름휴가에 쏟는 열의는 상상을 초월할 정도입니다.

휴가를 법률로 보장하기도 하지만, 일과 사생활 모두 충실하게 누리려는 프랑스 사람의 바람은 아주 강합니다. 옛날만큼은 아니지만 우리는 아직도 일에만 열중하는 모습을 높이 평가하는데, 프랑스에서는 거꾸로 '일만 하는 인간'은 부정적인 평가를 받습니다.

일하는 시간에는 일에 집중하지만, 자신의 일상생활이 일보다 더 중요합니다. 자꾸 되풀이하게 되는데, 한국 사람이나 일본 사람이 '일을 위해 산다'라고 하면, 프랑스 사람은 '살기 위해 일한다'라고 합니다. 즉, 프랑스에서 일이란 어디까지나 인생을 즐기는 데 필요한 양식이나 돈을 얻으려는 수단이죠. 그러므로 대가를 받는 만큼만 일하고 자신의 인생, 즉 삶을 소중하게 가꾸고자 될 수 있으면 일을 빨리 끝내려고 합니다. 회사를 가족처럼 여기거나 애사심을 느끼는 일도 없습니다.

최근에는 우리도 일과 삶의 균형에 대해 고민하면서 점점 일의 비중이 줄어들고 있습니다. 하지만 자기 일이 끝나도 동료 때문에 결국 남거나 일이 끝났는데도 회식 때문에 기다렸던 경험이 있는 사람이 적지 않을 겁니다. 여전히 많은 직장인이 술자리나 접대 골프 자리에서 일을 따내거나 중요한 결정을 내립니다. 어떻게 해야 한다고 한마디로 잘라 말할 수 없다는 건 압니다.

하지만 근로시간 안에 집중해서 일하고 끝나면 바

로 퇴근. 집에 직행하자마자 자신이 좋아하는 일을 하는, 온·오프가 분명한 프랑스 사람이 훨씬 인생을 충실하게 보내는 것 같습니다. 이렇게 말하면 "그건 유럽이니까 가능한 얘기지"라는 불만스러운 목소리가 나올 것 같은데, 여기서 재미있는 일화 하나를 소개합니다.

프랑스와 독일 학생들을 합숙하게 하고, 일주일 뒤에 그룹 프레젠테이션을 하도록 했습니다. 체력이 승부를 가르는 아주 힘든 작업이었죠. 독일 학생들은 우선 일주인 동안의 일정표를 만들고, 발표까지 어떤 과정으로 해낼지 토론했습니다. 그 결과 체력을 유지하고자 아침에는 모두 운동으로 하루를 시작해 팀워크를 발휘하며 발표에 도전하기로 했습니다.

한편 프랑스 학생들은 4~5일간은 합숙 생활을 즐기기로 하고 각자 책을 읽는 등 원하는 대로 지내다가 발표 2~3일 전이 되어서야 "이제 슬슬 준비하지 않으면 큰일 나겠다"라며 드디어 시동을 걸었습니다. 마지막 날은 밤새며 구성원이 각자 능력을 발휘해 프레젠테이션을 준비했다고 합니다. 결과가 어땠을까요? 두 발표의 결과는 거의 같았습니다.

프랑스 사람의 개인주의와 형편없는 팀워크를 잘

보여주는 일화입니다. 프랑스 사람은 육상경기로 따지면 단거리선수의 모임이죠. 마지막에 가속하는 게 핵심으로, 의욕만 있으면 엄청난 집중력을 발휘하는 단기 집중형입니다. 이 일화는 우화로 치면 『이솝이야기』의 「개미와 베짱이」와도 비슷한데, 누가 누굴 닮았는지는 명백합니다.

프랑스 사람의 개인주의를 예컨대 독일이나 일본 사람과 비교하면 얼마나 다를까요. 친구에게 물어보자 이런 답이 돌아왔습니다.

"독일과 일본의 국민성은 비슷한 것 같습니다. 근면하고 성실하며 조직을 존중합니다. 독일도, 일본도 개인보다 우선 자신이 속한 조직이나 국가를 중요하게 여깁니다. 그와 비교하면 프랑스의 개인주의는 자신을 먼저 생각하는 겁니다. 그다음에 사회나 국가로 이어지죠. 국가나 집단을 별로 중요하게 여기지 않죠."

그리고 덧붙였습니다. "일하면서 주말을 즐기려는 사람이 늘어났습니다. 주말을 이용해 자기 집을 짓거나 고치고, 마당에 수영장을 만드는 등 집을 알차게 꾸미는 사람이 많아졌죠. DIY 용품을 판매하는 대형 마켓의 수도 크게 증가했습니다."

열 명 중에 여덟 명은 스스로 집을 고친다는 통계가 있을 정도로, 프랑스에서는 일보다는 주말이나 휴가를 어떻게 하면 유의미하게 보낼지를 중요시합니다. 이것을 프랑스에서는 '여가 문명Civilisation des loisirs'이라고 부릅니다. 정말 프랑스다운 단어죠.

우리는 어떤가요? 일단 일 모드의 온 스위치가 켜지면 끄지를 못하는 사람이 여전히 많지 않을까요. 장기 휴가를 내는 건 꿈도 꾸지 못할 사치죠. 하지만 프랑스 사람처럼 긴 휴가를 보내고 활력을 다시 찾아 새로운 몸과 마음으로 일을 한다면 오히려 더 높은 성과를 낼 수 있지 않을까요.

개인의 삶이 충실하면 회사와 사회에 긍정적인 영향을 미칩니다. 직장과 가정 생활의 온·오프를 바꾸는 것은 지적 에고이즘에 따른 업무 수행 방식의 핵심입니다. 그런 개인의 존재 방식을 인정하는 사회가 이상적입니다.

휴가 기간에도 사회가 제대로 기능하는지 의심스러워하는 사람이 많습니다. 거래처인 프랑스나 벨기에 여행사가 휴가 중이어서 전혀 일이 진척되지 않을 때도 분명 있습니다.

하지만 은행 간부였던 존 폴은 이렇게 말했습니다.

"같은 직급의 직원, 예를 들면 부장은 반드시 두 명입니다. 담당 지역 등 업무가 나뉘기는 하지만 항상 정보를 공유하므로, 한 사람이 휴가를 떠나서 자리를 비우면 다른 부장이 그 일을 대신합니다. 하지만 그건 서로서로 다 해당하니까 자기 일을 상대에게 미뤘다고 생각하지는 않습니다."

상황에 따라 다르지만 여름철에만 임시직을 채용하는 등 대책을 마련하는 회사도 있습니다. 하지만 '장기 휴가를 신청하면 동료에게 폐를 끼친다'라거나 '일이 있으니까 휴가를 떠날 수 없다'라는 소리는 말도 안 된다고 여길 정도로, 여름휴가가 프랑스 사람의 인생에서 차지하는 비율은 매우 높습니다. 그것은 물론 권리를 제도로 보장한 덕분이지만, 모든 사람이 휴가를 누리겠다는 의식을 공유한 점도 중요한 이유가 되었습니다. 휴가에 대한 이런 인식은 일하는 사람 모두가 배워야 할 태도 아닐까요?

여기서 '휴가를 좋아한다'라는 것을 다른 측면에서 살펴보죠. 휴가는 개인을 풍요롭게 하고 몸과 마음을 새롭게 해, 휴가를 보낸 후에는 업무 효율이 높아집니다. 그러나 그것만이 아닙니다. 긴 휴가 기간 동안 경제활동이 침체되는 건 아닌가 하고 걱정하는 분이 많을지 모르겠는데, 실은 긴 휴가는 의외로 경제효과를 일으킵니다. 휴가 중에 국내를 여행하는 사람이 의외로 많아서 관광 수익이 늘어나기 때문입니다. 그러면 인프라도 정비되고 충실해져 새로운 고용이 창출됩니다. 관광산업도 내수가 늘어나면 환율이나 기후 조건에 따라 변화하는 해외 여행객에 좌우되지 않아 수익을 예상할 수 있는 구조가 형성됩니다. 우리도 배울 만한 힌트가 숨어 있다고 생각합니다.

예를 들어 오트사부아에서 사는 전직 마취과 의사 클로드(60대)와 간호사 샤를로트(60대) 부부는 등산이라는 공통 취미가 있습니다. 두 사람의 여름휴가에 함께한 적이 있는데, 프로방스 지방의 산속에 있는 오두막 형태의 호텔에 체류하면서 시골 자연 속에서 그 지역의 맛있는 음식과 와인을 즐기며 느긋하게 시간을 보내는 것이 그들의 휴가 스타일이었습니다.

전문직에 종사하는 친구들은 보통 파리에서 자동차로 한나절이면 도착하는 노르망디나 부르고뉴 등에 별장이 있습니다. 그 지역 특유의 낡은 돌집입니다. 자연 속에 가족이나 친구들이 모여 현지 가게에서 산 치즈와 와인을 즐기거나 경치가 좋은 곳을 찾습니다. 시골집에는 텔레비전도 없습니다. 클래식을 듣거나, 쇠구슬을 굴리는 페탕크pétanque라는 게임을 하거나, 마당에서 일광욕을 즐기면서 책을 읽습니다. 장소에 따라서는 인터넷도 연결되지 않으므로 휴대전화도 비디오 게임도 먼 존재가 되어, 그야말로 디지털 디톡스 상태입니다. 특별한 관광지에 가지 않더라도 일상과는 다른 장소인 자연 속에서 자기 자신을 스스로 편안하게 해주면, 살아 있는 기쁨을 몸과 마음으로 체감할 수 있습니다.

요컨대, 휴가를 계기로 삼아 지방을 방문함으로써 그 지역의 경제에 수익을 가져다줍니다. 휴가라고 하면 유명 관광지에 사람이 몰리는 경향이 있는데, 꼭 그럴 필요는 없습니다. 우리 주변에도 갈 곳은 많습니다. 낡은 민가를 빌려 주말은 DIY를 즐기며 집을 살기 좋게 꾸미거나, 지역에서 생산하고 판매하는 신선한 식자재를 사서 요리하거나, 바다나 강에서 낚시를 즐길 수도 있습니다. 근처에 지역 시장이나 계곡이 있으면 더할 나위 없이 좋습니다. 디지털 디톡스가 무리인 사

람은 휴대용 와이파이 기기를 가지고 가면 일도 계속
할 수 있습니다.

개인을 중시한다고
생산성이 낮아지지 않습니다

2015년 프랑스 국내총생산은 세계 6위지만, 연간 노동
시간이 가장 적은 나라인데도, 노동생산성은 G7 국가
중에서 미국에 이어 2위입니다.

재미있는 점은 사실 프랑스 사람은 이 사실을 몰
라서 "노동시간이 짧은데 생산성은 세계 2위라니, 왜
그래?"라는 내 질문에 거꾸로 놀라고는 합니다. 오히려
"숫자로 눈속임하는 게 아닐까?" 혹은 "기계 생산성만
따지겠지"라고 말하는 사람도 있을 정도로 좀처럼 믿
어주질 않습니다.

다만 프랑스에 오래 산 스웨덴 사람 패트릭(60대)의

의견이 그럴듯하게 들렸습니다. "다른 나라 사람들이 너무 오래 직장에 남아 있는 게 아닐까?" 그럴 수도 있겠다는 생각이 듭니다.

프랑스 사람의 업무 효율성을 다룬, 미국의 『애틀랜틱』 2014년 8월호에 실린 「비즈니스 인사이더」라는 제목의 기사를 발견했습니다.

파리에서 일하는 사람들은 8월에는 프랑스 남부나 이탈리아, 에스파냐로 나가서 없다. (…) 눈치 보지 않고 휴가를 떠나고, 야근을 하지 않는 업무 태도가 일의 생산성과 효율성에 좋은 영향을 미친다. 더 오래 일하면 생산성은 떨어진다.

다음과 같은 글도 있었습니다.

기술 향상과 기계 도입으로 생산성은 전보다 올랐다. 그런데 미국에서는 아직도 노동시간이 그대로거나 오히려 늘었다. (…) 오래 일하는 이유는 '보수 때문에, 수익 감소를 피하고 싶어서, 의무이니까'가 아니라 '바빠서 시간을 줄일 수가 없다'라는 것이라고 한다. 자신을 중요한 인물로 보이게 하려는 사회적 명예 때문이라는 말이다. (…) 야근은 심신의 건강에도 해를 끼친다. 가족과 함께하는 시간도 희생해야 한다. 그런데도 '일한다는 자부심'을 품은 채 (실제로는 그렇지도 않은데) 생산성 향상을 위해서라고 착각하며 야근한다.

그리고 영국의 철학자 버트런드 러셀의 『게으름에 대한 찬양』에서 다음 문장을 인용합니다.

"현대사회에서는 '노동을 미덕으로 보는 사고방식'이 많은 폐해를 낳았다. 행복과 번영의 길은 노동시간을 조직적으로 줄이는 데 있다."

기사는 이렇게 끝을 맺습니다.

"프랑스 사람은 '일과 삶의 균형'을 제일 잘 실현한다."

한국 사람의 학력은 세계 최고 수준입니다. 그러나 경제협력개발기구OECD가 발표한 자료에 따르면 노동생산성은 2014년에는 OECD에 가맹한 34개국 중에서 29위(프랑스는 7위)였습니다. 선진국 중에서도 최하위 수준이라고 합니다. 개인의 능력은 높은데 왜 생산성은 이렇게 낮을까요? 개인을 충분히 활용하지 못하는 조직 중심의 경직된 경영에서 그 원인을 찾을 수 있지 않을까요.

장시간 일하고 휴가를 받지 않는 게 업무의 질보다 중요하다고 생각하는 풍조. 그것이 개인의 생산성을 떨어뜨린다고 생각합니다. 잘하는 분야를 살려 전문적인 능력을 높이고 일에 집중하는 한편 노동시간은 줄여 휴가를 길게 즐기는, 합리적인 지적 에고이즘 형태의 업무 수행 방식을 실행하려면 이제 개인만이 아니라 조직 차원의 의식 개혁을 반드시 해야 합니다.

프랑스라고 하면 어떤 산업이 발달했다고 생각하나요? 패션일까요? 아니면 음식이 풍부하니까 농업일까요? 개인주의라도 생산성이 높은 프랑스는 실은 모든 산업이 균형적으로 발전한 나라입니다. 게다가 모든 산업이 세계적인 수준에 있다는 것도 매우 흥미롭습니다.

프랑스 산업은 지금도 주로 '흙'과 '돌'에 관련되어 있습니다. '흙'은 농업, '돌'은 건물, 즉 건설업입니다.

농업은 제1차 산업에 들어갑니다. 알다시피 프랑스는 농업국입니다. 자급자족률(2011년 농림수산성 추

산·칼로리 기준)이 129퍼센트로 캐나다, 호주에 이어 세계 제3위입니다. 유럽연합EU의 농업생산고(농업으로 생산한 재화를 모두 합친 수량-옮긴이) 중 30퍼센트를 차지하는 굴지의 농업국입니다. 참고로 한국은 26퍼센트이니까 그 차이가 현저합니다.

건설업은 제조업, 전기·가스업, 식품업, 화학산업, 수송용 기기 산업, 군수산업, 항공우주산업, 에너지산업 등과 나란히 제2차 산업에 들어갑니다. 제2차 산업에는 항공기·전투기, 고속열차, 자동차 산업도 포함됩니다.

즉, 다른 선진국이 제3차 산업(서비스업)으로 이행하는 동안에 프랑스는 여전히 제1차 산업과 제2차 산업에 중점을 두는 산업 형태를 유지해왔습니다. 어떤가요? 제1차와 제2차 산업 분야에서 프랑스의 명산물과 유명 기업의 이름이 속속 떠오르지 않나요?

프랑스는 미식의 나라입니다. 채소와 고기, 치즈, 와인…. 훌륭한 식자재로 미식의 나라를 뒷받침하는 것이 농업(제1차 산업)입니다. 물론 수산업도 그렇죠.

제2차 산업에서는 우선 자동차를 보면 프랑스는 르노, 푸조, 시트로엥 등 유명한 자동차 제조업체를 보유한 자동차 산업 대국입니다. 타이어 제조업체 미쉐린도 프랑스 상표입니다. 일본 신칸센과 속도를 다투는 테제베도 있습니다. 항공기는 에어버스사가 있죠. '미라지' 전투기를 제조하는 다소도 있습니다. 인공위성 발사용 로켓 '아리안'도 프랑스 기술로 만들어졌습니다. 2014년에 발표한 데이터에 따르면, 프랑스의 민생용 우주산업 관련 예산 규모가 미국에 이어 무려 세계 2위입니다. 또한 에너지산업 분야에서는 가업이라고도 할 수 있는 원자력발전 대국으로 유명합니다. 아레바사는 프랑스에서 시작된 세계 최대 규모의 원자력산업 복합기업입니다. 물론 에르메스, 루이비통, 샤넬 등 유명 상표 제품도 제2차 산업에 들어갑니다.

프랑스가 이런 제2차 산업의 각 분야에서 세계 굴지의 제조업체와 상표를 내놓는 이면에는 앞에서 얘기한 이과 출신 '엘리트'의 리더십이 있습니다.

물론 제3차 산업도 왕성합니다. BNP파리바나 소시에테제네랄과 같은 은행으로 대표되는 금융, 관광, 그를 뒷받침하는 교통·운수 그리고 레스토랑 등의 서비스업도 발달했습니다.

또한 프랑스는 벤처기업과 기술혁신이 발전하기

좋은 나라라고 평가합니다. 2012년 프랑스 노동생산성(「프랑스에 실망하지 않는 여덟 가지 이유」, 『르몽드』, 2014년 1월 8일 자)은 노동시간 1시간당 45.4유로였습니다. 유럽연합 전체의 평균 37.2유로와 독일의 42.6유로를 웃돌았습니다. 개인주의 덕분에 개개인의 능력이 높다는 것을 증명하는 통계라 할 수 있죠.

제3차 산업에는 정보기술 관련, 그래픽디자인, 컨설턴트 등도 포함됩니다. 이렇게 높은 개인 능력이 필수 항목인 직종은 프랑스에서 앞으로도 더욱 발전하리라고 기대됩니다.

프랑스는 농업국이라고 얘기할 때가 많은데, 실은 각 분야 산업이 균형적으로 발전했고, 모두 세계적인 수준에 있는 나라입니다. 그것은 개인주의를 통해 개성을 키워주는 교육과 제도의 혜택이라고 생각합니다.

2장

눈치 보지 않으면
관계가 편해집니다

사랑한다는 것은 서로 바라보는 게 아니라
같은 방향을 함께 바라보는 것이다.

앙투안 드 생텍쥐페리

프랑스 사람은 토론을 즐깁니다

프랑스 사람의 수다 사랑에는 늘 감탄하게 됩니다. 정말 잘 떠듭니다. 커피를 마시면서도 수다, 와인 잔을 기울이면서도 수다, 치즈를 썹으면서도 수다, 마지막 디저트를 먹으면서도 또 수다, 잘 자라고 인사하면서도 수다. 끝이 없습니다. 어쨌든 언제 어디서든 이야기하고 봅니다. 도대체 어떻게 하면 그렇게 끊임없이 말이 나오는지 의아할 정도입니다. 일단 입을 열면 멈추지 않습니다.

　프랑스어가 모국어가 아닌지라 결국 듣기만 하게 되는데, 잠자코 있을 수만은 없어서 "아, 그래", "정말?",

"어머!" 하고 가끔 맞장구칩니다.

주제도 마무리도 결론도 없이 그저 계속 떠들 때도 많습니다. 결말을 내야 이야기가 끝내는 간사이関西에서 태어난 저는 이런 문화를 상당히 받아들이기 힘들었습니다. 특히 와인을 마시고 얼큰하게 취해 대화를 들을 때면, 영원히 끝나지 않을 것 같은 논쟁의 시간을 수마와 싸우며 그저 견뎌야만 합니다.

양쪽 뺨에 뽀뽀하기(Bisous, 프랑스식 인사-옮긴이)를 시작하면 드디어 끝입니다. 이제 슬슬 돌아갈 수 있겠다 싶지만 아직 방심은 금물입니다. 차를 타기 전에 아무렇지 않게 20분이나 30분은 떠듭니다. 추운 겨울, 기다리는 나는 얼어 죽을 것 같은데 프랑스 사람들은 추위에도 아랑곳하지 않습니다.

한번은 "결론 없이도 이야기를 계속할 수 있어?"라고 물었더니, 이해할 수 없는 질문이라는 듯이 표정을 짓곤 "대화에 꼭 결론이 필요해?"라고 되물었습니다. 프랑스 사람은 이야기를 주고받는 것, 입을 열어 발산하는 것 자체가 목적이지 대화에서 결론을 도출하기를 원하지 않습니다. 우선 떠들고 보는 거죠.

이런 되묻기, 즉 상대가 던진 질문 그 자체에 대해

의문을 제기하는 대화법을 가리켜 '폴레미크provoquer'라고 부릅니다. 프랑스 사람의 대화 특징이죠. 일테면 이쪽 질문을 처음부터 부정하고 의문을 던지면서 좀처럼 대답하지 않습니다.

프랑스에서 오래 산 스웨덴 출신 부부 친구도 "이 폴레미크를 제대로 이해하지 못하면 프랑스 사람과 제대로 대화할 수 없다"라고 말했습니다. 질문에는 답하지 않고 도리어 엉뚱한 질문을 던지다니. 물론, 다른 나라에서는 무례해 보일 수도 있는 행위입니다. 하지만 프랑스 사람은 이런 엉뚱한 질문에 상대가 어떻게 반응하는지를 흥미롭게 생각하며 냉정하게 지켜봅니다. 조금 심술궂은 것도 사실이지만 토론, 격론을 좋아해서 폴레미크를 대화의 도구로 즐긴다고 합니다. 그러므로 처음부터 갑자기 역설적인 말을 하기도 합니다. 보통 '아니오'라는 말을 쉽게 못 한다고들 하는데, 프랑스 사람은 반대입니다. 그들의 대화법에서는 오히려 '예Oui'라는 말을 하지 않습니다.

오트사부아에 사는 전직 의사 클로드도 프랑스 사람들이 벌이는 토론을 좋아해 다음과 같이 말했습니다.

"프랑스 사람은 토론을 좋아합니다. 프랑스어에서 토론을 의미하는 단어는 두 가지가 있습니다. 데바débat와 폴레미크. 이 중 폴레미크는 개인주의와 이어집니다. 자기주장을 내세우고자 상대에게 다소 공격적으로 논쟁하는 겁니다. 찬성할 수 없는 이유가 분명히 존재할 때는 더욱."

웬만해선 '예'라고 말하지 않습니다. 폴레미크는 프랑스 대화법의 가장 큰 특징입니다. 한국이나 일본에서 그렇게 하면 예의가 없거나 성격이 나쁜 사람이라고 비난당할 게 분명하니까요.

참고로 프랑스 사람은 항상 '고맙다merci'라고는 말하지만, '미안합니다pardon'나 '죄송합니다désolé'라고는 좀처럼 말하지 않습니다. 설사 자신이 잘못했다고 하더라도 그렇게 말하지 않는 게 프랑스 사람입니다. 또 상대의 말이 끝나면 반드시 '그러나mais'라고 운을 떼며 상대가 한 말에 동의하지 않고 반론을 펼칩니다. 이 책을 쓰려고 많은 친구의 이야기를 들을 때도 이 '그러나' 때문에 정말 고생했습니다. '감사'는 표현하지만 어떤 일이 있더라도 사과하지 않고, 수다는 좋아하지만 쉽게 상대에게 동의하지 않는 프랑스 사람의 사전에는 '예'와 '미안합니다'라는 단어는 없는 것 같았습니다.

그런데 프랑스 사람은 왜 토론을 즐길까요. 여러 친구에게 질문을 던지다가 내가 찾은 답은 이렇습니다.

"토론, 즉 의견 교환은 자신과 상대의 의견을 이해하고자 하는 것입니다. 또 상대의 의견에서 논리적 근거를 수긍하면 자기 의견을 바꿀 수도 있습니다. 중요 과제의 확실한 대책을 발견할 수도 있습니다. 정치·사회적 문제도 이야기하다 보면 해결책이 보일 때가 있습니다. 토론과 대화는 자기만의 생각을 그려내는 데 필요합니다."

"자기만의 생각을 그려내는 데 필요한 것"이라면 프랑스식 대화법을 실천해볼 만하지 않나요. 비결은 어렵지 않습니다. 토론의 기본 원리는 논리적이어야 한다는 것입니다. 논쟁에서 상대를 이기려고 하는 것이 아니라, 충분히 대화하고 소통해 서로를 더 잘 이해하는 것이 목적입니다. 언변에 빠져 궤변을 늘어놓지 말고 자기만의 확실한 견해를 이야기하는 것이 중요합니다. 이런 대화 태도가 익숙해지면 프랑스 사람처럼 폴레미크를 시도해봐도 좋지 않을까요.

또 나도 배우는 중인데, 대화 능력을 높이려면 자기 의견을 항상 준비해두는 게 좋습니다. 그러려면 정치·경제·역사·시사·개인적인 흥미 등 다양한 분야에 걸쳐 정보나 지식을 흡수하고, 자기만의 생각을 정리해 놓아야 합니다. 그 의견을 깊이 있게 하려면 약간의 경험담과 구체적인 예를 더해 자연스럽게 입 밖으로 내는 연습을 평소 해두는 게 좋습니다. 길에서 만난 외국인 관광객에게 말을 거는 것도 방법입니다. 자신이 흥미가 있는 친근한 주제부터 이야깃거리를 늘려보세요.

우선 대화에 대한 부담감에서 벗어나야 합니다. 프랑스 사람이 이런 부담감을 이겨내는 방법은 '말하는 것', 즉 토론입니다. 좋아하는 것, 흥미가 있는 것에 관해 관심을 기울이고 그런 주제들로부터 대화를 시작해보세요. 그럼 저절로 대화 능력과 언어 실력이 좋아질 겁니다. 수다는 모든 것을 해결하는 만병통치약입니다.

아이는 무슨 일에든 "왜?"라고 묻습니다. 그럴 때면 "너처럼 어린애에게 어려운 얘기를 설명해봤자 알아듣지 못할 거야"라며 애매하게 얼버무리곤 하죠. 하지만 프랑스 부모들은 논리적이고 정중하면서도 끈질기

게 설명할 때가 많습니다. 이런 부모의 자세가 프랑스 사람의 토론 사랑으로 이어지지 않나 싶습니다.

디종에 사는 안(70대)은 현지에서 가장 큰 도장을 운영하는 유도 사범의 아내입니다. 원래 초등학교 교사였던 안은 다음과 같이 말했습니다.

"초등교육 때부터 비판 의식을 키우게 합니다. 최근 사건과 과거, 역사 내용까지 여러 번 생각하게 합니다."

프랑스 사람의 '절대 쉽게 동의하지 않는다', '토론을 벌인다', '아주 쉽게 말싸움을 시작한다'라는 특징은 초등학교 때부터 '찬성'과 '반대'로 나뉘어 토론의 기초를 익혔기에 형성된 건지도 모릅니다.

다만 이를 비판하는 의견도 있습니다. 파리의 건축 회사에서 일하는 미셸은 다음과 같이 말했습니다.

"모두가 올바른 토론 방법을 아는 건 아닙니다. 자기 입장만 내세우며 토론하는 사람도 있습니다. 옛날에는 학교에서 철학과 토론법 등을 배웠는데, 지금은 그런 걸 가르치지 않죠. 게다가 엘리트는 상대를 설득하는 방법만 배우지 상대 의견을 듣는 법은 배우지 않아요."

파리에 사는 히토미도 동의했습니다.

"프랑스 사람은 자기 의견을 주장하는 부모와 형제, 친구들을 보고 배우며 자랍니다. 하지만 모든 사람이 논리적으로 말하는 건 아닙니다. 말은 잘하는데 잘 듣지 않는 사람이 많다는 인상을 받았습니다."

프랑스 사람은 자기 입장을 분명하게 밝혀 상대를 설득하는 대화를 즐기고, 그 대화를 원활하게 이끌어가는 기술을 갖췄습니다. 반면, 다른 사람의 말을 잘 듣지 않는 사람이 많습니다.

다른 사람의 말을 잘 듣는 것에 유의하면서 프랑스 사람이 잘하는 토론 기술을 배워두면 손해는 없을 듯합니다. 자기 의견이 분명하고, 상대를 설득할 수 있고, 나아가 다른 사람의 말에 귀까지 기울인다면 금상첨화입니다. 이것도 관용의 정신입니다.

눈치 보지 않으면 관계가 편해집니다

프랑스 동부에 와인으로 유명한 부르고뉴 지방이 있습니다. 코트도르주 중심 도시인 디종은 내가 처음으로 유학을 갔던 곳입니다. 여름 강좌를 듣는 동안에 로렌스라는 아주 친절한 프랑스 여성의 집에서 홈스테이를 했습니다. 당시 프랑스어를 전혀 하지 못해서 늘 손짓, 발짓을 동원해 의사소통했던 기억이 납니다.

그렇게 한 달이 지나자 로렌스와의 공동생활도 서서히 익숙해졌지만, 왜 로렌스가 내 마음을 알아주지 않는지 종종 고민했었습니다. 그러자 로렌스가 나에게 말했습니다.

"마음을 전하고 싶으면 프랑스어를 잘하든 못하든 제대로 입을 열어 말해야지."

프랑스에서는 자기주장을 아주 중요하게 여기므로 생각한 것, 말하고 싶은 것을 일단 입 밖으로 꺼내야 합니다. 상대와 의사소통하려면 반드시 언어가 있어야 합니다. 말로 꺼내지 않는 한 상대에게는 아무것도 전해지지 않습니다. 이쪽에서 눈빛을 보냈다고 '당연히 알아주겠지'라고 생각한다면 그것은 어디까지나 제멋대로 오산한 것일 뿐입니다. 상대에게 조금도 전해지지 않았으므로 "왜 얘기하지 않았어?"라고 되묻는 질문을 받는 게 당연합니다. 실제로 나는 로렌스의 낯빛을 살피기만 했을 뿐 말로 의사를 내비친 적은 없었습니다.

'이심전심'이라는 사자성어가 있습니다. '행간을 읽는다'라는 말도 있습니다. 말로 하지 않아도 상대방의 마음을 살피고 읽는 것을 미덕으로 여기고 있죠. 지금은 완전히 정착한 'KY(분위기 파악을 못 한다는 뜻으로, '공기를 읽지 못한다〈うきをよまない〉'라는 말의 머리글자를 딴 말-옮긴이)도 같은 맥락이죠. 상대 마음과 그 자리의 분위기를 살피지 못하는 부덕을 비판한 것입니다.

이 'KY'에 대해 프랑스 사람에게 (설명하기가 무척

힘들었지만) 물어봤더니 똑같지는 않지만 그들에게도 나름의 배려 방식, 관계성을 파악하는 방법은 있다고 합니다. 예를 들어 친한 친구끼리는 '너Tu'로, 첫 대면 이거나 윗사람 등을 부를 때는 '당신Vous'으로 나눠 사용한다고 합니다. 그러니까 처음부터 상대와의 관계를 구별하고 선을 긋는 것입니다. 프랑스식대로 분위기를 파악하는 방법, 거리를 재는 방식이라고 할 수 있죠.

그래도 그 자리의 분위기를 읽고 입을 다무는 일은 절대 없습니다. 나름대로 직감과 관찰력, 통찰력을 활용해서 말을 겁니다. 그리고 결국 대화합니다. 상대의 낯빛을 살피며 머릿속으로 이리저리 가늠하기보다 우선 말하면서 탐색하는 겁니다. 프랑스 사람은 엘리베이터 안에서 처음 보는 사람과도 대화를 나눕니다. "오늘은 날씨가 좋네요"라든가 "엘리베이터가 좀처럼 오지 않아요"라든가, 사소한 얘기로 자연스럽게 대화를 시작해 마지막에는 "그럼, 좋은 하루 보내세요"라고 인사하며 헤어집니다.

상대가 있는데 말하지 않는 것은 프랑스 사람에게는 고통이며 이해할 수 없는 공포의 순간입니다. 거꾸로 말하면 침묵이 무서워서 어디서나 자연스럽게 대화를 시작하는 문화가 형성된 것일지도 모릅니다. 참고로 '침묵은 금'이라는 격언은 프랑스에도 있습니다.

말은 은, 침묵은 금La parole est d'argent, le silence est d'or

애당초 상대를 부를 때부터 구별하는 것이 너무 지나치고 가혹한 일처럼 여겨지기도 하지만, 생각해보면 아주 합리적입니다. 실례되는 행동도 미리 막고, 괜한 오해를 일으키지도 않습니다.

물론 상대방의 마음이나 그 자리의 분위기를 살피는 미덕을 절대 부정하려는 건 아닙니다. '로마에 가면 로마법을 따르라.' 먼저 분위기를 살피고 무엇을 어떻게 말할 것인지 고민하는 자세는 중요합니다. 자기가 처한 상황이나 대화의 상대에 따라 말하는 방식도 달라지겠죠. 그런 것들을 제대로 알아차리지 못하면 큰일입니다.

그러나 'KY', 즉 분위기 파악을 못 할까 봐 두려운 나머지 입을 꾹 다물고 자신의 추측에만 근거해 판단하는 것은 곤란합니다. 그런 실수가 원인이 되어 뜻하지 않은 방향으로 일이 전개될 때가 종종 있습니다. 그보다는 말로 자기 생각이나 의견을 드러내는 게 훨씬 낫습니다. 마찬가지로 상대도 언어로 의사를 명확하게 표시해주면 망설이지 않아도 되니 편합니다. 서로의 속마음을 확인할 수 있습니다. 그러면 일에서나 사생활에서나 더 인간관계를 원만하게 맺을 수 있지 않을까요? 분위기 파악을 못 하는 편이 인간관계를 잘 이끌어가게 할 때도 많습니다.

프랑스 사람에겐 모든 것이 이야깃거리입니다

프랑스와 일본 사람은 대화 내용에서 결정적으로 다른 게 있습니다. 바로 텔레비전입니다. 대화를 할 때 일본 인들은 주로 텔레비전에서 이야깃거리를 찾습니다. 반면에 프랑스에서는 텔레비전에 나온 연예인 이야기나 유명한 케이크 가게, 레스토랑 정보를 말하면 상대방이 "당신은 연예인이나 유명한 것을 좋아하네요"라며 가볍게 흘려버립니다.

일본의 텔레비전 방송 시스템은 도쿄의 중앙 방송 국을 중심으로 전국에 민간방송 채널네트워크가 형성 되어 있으므로, 가맹 방송국이 있는 지역이라면 어디서든 텔레비전에 나온 얘기를 공통된 화제로 삼을 수 있습니다. 그래서 일본인은 텔레비전에서 나온 내용을 대화 소재로 잘 꺼냅니다. 이런 점은 한국도 마찬가지라고 생각합니다. 반면에 프랑스는 ARTE(문화)와 M6(오락) 등 전문 채널도 있긴 하지만, 주요 무료 채널은 TFI 하나뿐입니다(국영방송은 France2-5가 있습니다). 그 때문에 프랑스에서는 모두 모여 텔레비전을 보는 문화가 없습니다. 그럼 프랑스 사람은 텔레비전에서 나온 내용이 아니라면 도대체 무슨 얘기를 할까요.

가장 친근한 화제는 자신의 취미입니다. 제가 경험한 예를 소개하죠.

디종에 사는 제 꽃 선생님인 알레트의 남편 기(80대)는 가족 모임에서 대화의 주도권을 잡으려고 하는 유형이 아닙니다. 굳이 말하자면 어른스럽고 조용한 사람입니다. 기는 새로운 기계를 개발해 공장에 설치하는 일을 했는데, 아내인 알레트가 50대에 꽃집을 개업하고 바빠지자 명예퇴직했습니다. 그 뒤에는 디종에서 차로 20분 정도 떨어진 교외에 아내가 디자인한 수영장이 달린 집을 스스로 짓는 데 전념했습니다. 실내장식은 물론 수영장 테라스, 마당까지 손수 만들었습니다. '일요일 목수의 신'이라고 불릴 만큼 솜씨가 좋아 온갖 도구를 능수능란하게 다룹니다. 아내가 꽃을 담을 그릇을 만들어달라고 부탁하면 휘파람을 불면서 만들어줍니다.

직접 만든 새집에 놀러 갔을 때의 일입니다. 기는 "자, 오늘은 뭘 할까?"라며 채소밭과 들새 이야기를 시작했습니다. 집 밖으로 나가, 폐허가 된 성터에 찾아갔을 때는 그 성 옥탑에서 기르는 비둘기와 허가를 받으면 근처 강에서 할 수 있는 낚시 등에 대해 다양한 도구와 책을 이용해가며 열정을 담아 이야기했습니다.

소형 비행기를 조종하기도 하는 기는 이륙과 착륙 경로에 대해서도 말해주었습니다. 솔직히 관심이 있는 화제는 아니었습니다. 하지만 아주 흥미롭게 설명하니까 이상하게도 이야기에 끌려 들어가 어느새 열심히 들었습니다. 그리고 모르는 게 나오면 계속 질문했습니다. 지금 생각해보면 이런 일이 되풀이되면서 프랑스어 실력이 급격히 늘어난 것 같습니다.

기와 같은 프랑스 사람이 적지 않습니다. 아무리 말주변이 없는 사람이라도 자기가 일하는 분야나 평소 관심을 두던 주제가 나오면 물 만난 고기처럼 일반인도 알기 쉽게 설명하기 시작합니다. 프랑스 사람은 전문적인 직업에 종사하는 것과 특별한 취미에 몰두하는 일을 삶의 보람으로 여기므로, 그 분야의 얘기가 나오면 내용이 풍부해서 대화가 아주 재미있어집니다. 어떤 의미에서는 바로 그 것이 프랑스 사람의 대화 능력에서 훌륭한 점입니다. 프랑스 사람은 대화를 통해 뭐든 배우려는 마음이 강해 본질적인 얘기 듣기를 좋아합니다.

그런 욕구를 만족시키려면 자기 생각을 상대에게 전달할 수 있는 뛰어난 대화 능력과 풍부한 지식이 있어야 합니다. 겁을 주려는 건 아니지만 대화가 원활하게 이루어지지 않으면 프랑스 사람은 노골적으로 비꼬므로 방심해서는 안 됩니다. 그러니까 논리적으로 말하는 능력을 익히고 소재가 될 만한 지식을 가능한 한 탐욕스럽게 습득하려고 노력합니다. 이것이 의사소통 능력을 갈고닦는 가장 손쉽고 효과적인 방법입니다.

그렇다고 두려워할 필요는 없습니다. 어디까지나 상대에게 내 이야기를 전하려고 하는 마음이 가장 중요하니까요. 지인 중에 프랑스 남부에 사는 일본인 여성이 있습니다. 이렇게 말하면 실례가 될지 모르지만, 그의 영어 실력이 원어민처럼 완벽하진 않습니다. 하지

만 파티 같은 데 가면 그는 언제나 화제의 중심에 있습니다. 모두 그의 이야기를 듣고 싶어 합니다. 내가 모두를 즐겁게 하려고 말을 꺼내면 다들 썰렁한 표정을 짓지만, 그의 이야기는 열심히들 듣습니다. 그것은 단순히 그가 아름답거나 부자라서가 아닙니다.

아무리 자기 딴에는 재미있는 얘기라도 혼자만 신이 나서 주절대면 상대방은 금방 지칩니다. 자신이 재미있다고 생각하므로 그 이야기를 남들에게도 나누고 싶고, 전하고 싶어 하는 마음이 중요하지 않을까요. 대화에는 인품과 생활양식이 드러납니다. 진정한 대화 능력을 갖추려면 매력적인 인간성을 쌓는 것이 중요합니다.

아니라고 말하는 것은 당연한 겁니다

프랑스 사람은 왜 그토록 대화를 중요시할까요. 대화야말로 자신의 생활과 인생을 더욱 풍요롭게 하는 중심이기 때문입니다.

파리에 오래 산 마들린(60대)은 파리에서 다도 학교에 다니는 한편, 프랑스 남부 칸 근교에 있는 별장의 다실에서 다도를 연마합니다. 마들린은 "프랑스 사람이 소중하게 생각하는 것은 세 가지, 가족과 휴가 그리고 친구"라고 말합니다. 확실히 친구와 함께 차나 커피 혹은 맛있는 식사에 곁들인 와인을 마시며, 같은 시간을 공유하고, 대화나 토론으로 꽃을 피우는 것은 프랑스 사람에게 큰 기쁨입니다.

파리의 생제르맹데프레 수도원 앞에 유명한 카페 '되마고Les Deux Magots'가 있습니다. 지금은 관광지처럼 변했지만, 1873년에 생긴 이 카페를 거점으로 베를렌과 랭보, 말라르메 같은 시인들이 활약했습니다. 제2차 세계대전 후에는 다양한 사상을 지닌 사람들이 모여 토론을 벌이기도 했습니다. 피카소와 헤밍웨이도 자주 얼굴을 내밀었다고 합니다.

그 옆에 있는 '카페드플로르Café de Flore' 역시 유명합니다. 이곳은 1887년에 탄생했습니다. 많은 문학가가 모여들고, 사르트르와 보부아르도 자주 드나들었다고 합니다. 카페에 철학자나 문학가, 예술가 들이 모여 토론을 벌이고 문화를 만든 것입니다. 카페는 사교장이었습니다.

그러나 2015년 11월 13일에 파리 역사를 바꾼 테러가 일어나고 말았습니다. 카페 밖 테라스에서 식전주와 요리를 즐기던 사람들이 희생되었습니다. 그곳이 표적이 된 것은 카페가 프랑스 사람에게는 상징과 같은 곳이기 때문입니다.

앞서 언급한 마들린이나 다른 친구들에게 친구와

어울리는 비결이 무엇이냐고 물어보면, 반드시 돌아오는 답이 '관용'이었습니다. 상대에 대한 배려가 소중하다는 이야기인데, 모두 다 '관용'이라는 단어를 사용하는 데 솔직히 놀랐습니다.

다른 문화나 상황에 있는 사람들끼리 토론하고 서로 처지를 존중해온 프랑스의 '관용' 정신은 이 카페라는 사교장에서 형성된 것입니다. 문화가 다른 나라에서 태어나고 자란 나도 프랑스의 '관용' 정신 덕분에 받아들여지고 혜택을 받은 사람 중 하나입니다.

앞서 언급한 히토미는 이렇게 말했습니다.

"프랑스 사람은 어떤 때나 의견 차이를 당연하다고 생각하므로, 반대 의견이 있어도 일단 받아들이고 그에 대해 의논합니다. 서로 논쟁하고 설득하는 것을 목표로 하기에 흥분할 때도 종종 있습니다. 하지만 프랑스 사람은 격론 후에도 함께 커피를 마시는, 빠른 전환 능력이 있습니다."

반대 의견이 있는 건 당연합니다. 누군가 내 의견을 반박해도 무시하지 않고 경청하는 것이 중요합니다. 어디까지나 그것은 개인의 의견 피력일 뿐이지요. 프랑스 사람은 의견이 자기와 반대더라도 인정하고 관용으로 받아들입니다. 그러려고 대화합니다. 프랑스 사람이 소중하게 여겨온 미덕을 다시 기억해 불안한 상황을 넘기고, 테라스에서 한 손에 와인을 들고 친구들과 대화를 즐기는 장면이 영원히 이어지기를 진심으로 바랍니다.

아미

친밀도에 따라 바뀌는 호칭

프랑스 사람이 상대를 부를 때 '당신Vous'과 '너Tu'로 나눠 부른다는 사실은 이미 밝혔는데, 친구에도 그런 구별이 있습니다. 바로 '아미(Ami/Amie, 절친)'와 '코핀느/코팡(Copine/Copain, 친구)'입니다.

'아미'는 손에 꼽을 정도로 친한 사람을 뜻합니다. 정말 친한 친구로 오랫동안 깊이 쌓아온 관계, 신뢰로 맺어져서 서로 잘 안다는 점을 기반으로 합니다. '아미'와 재회하면 한동안 만나지 못했더라도 마치 어제 만났던 것처럼 친근감이 바로 돌아옵니다. 대부분 다감한 사춘기를 함께 보낸 중학교, 고등학교 때부터 만나기 시작해 20~30년 정도 친분을 유지해온 사이지요. 숫자로 따지면 두세 명, 많아야 다섯 명 정도입니다.

한편 '코핀느(여성일 때)'와 '코팡(남성일 때)'은 이웃이나 아이들의 학부형, 사귄 지 얼마 안 되는 친구를 가리킵니다. 함께 어떤 활동을 하거나 함께 나가 놀거나, 상황에 따라 어울리는 상대를 말하죠. 업무로 알게 된 동료도 '코핀느/코팡'입니다.

'코핀느/코팡'은 '아미'와 비교하면 친분이 얕은 친구입니다. 하지만 오래 사귀면서 서로 깊이 알게 되고 서로 돕다가 정이 깊어져 '아미'로 업그레이드될 때도 있습니다. 하지만 나이가 드신 분 중에서는 완고하게 그 지위(호칭)를 바꾸지 않는 사람도 많다고 합니다.

또 안 지 얼마 안 되어 '코핀느/코팡'으로 불러도 너무 놀라지 마세요. 이성 친구를 '코핀느'나 '코팡'이라고 부를 때는 남자 친구, 여자 친구를 의미합니다.

그렇다고 이 구분이 어느 쪽이 더 소중한 존재라는, 친구로서의 중요도를 나타내는 것은 아닙니다. 둘다 인생에서 필요하고 소중한 친구입니다.

또 정말 곤란할 때는 '아미'와 '코핀느/코팡'의 구분이 없습니다. 프랑스 사람의 관용과 박애 정신이 발

휘되는 순간이니까요. 프랑스 사람은 까다로워 보이지만 '아미'나 '코팽느/코팡'이 되면 정이 깊어서 절대 친구를 버리지 않습니다. 곤란할 때는 정말 이렇게까지 해주나 싶을 정도로 손을 내밀어줍니다. '씹으면 씹을수록 맛이 나는' 깊은 인간관계에 직접 도움을 받은 일이 한두 번이 아닙니다.

개인적인 경험을 바탕으로 극단적으로 말하자면, 평소에는 간섭하지 않지만 일단 곤란해지면 가장 가까이서 돌봐주는 사람이 바로 프랑스 친구들입니다. 독일 사람은 언제나 선을 긋고 사귑니다. 한국이나 일본에서는 상대가 곤란하든 안 하든 언제나 끌어당기는 것 같습니다. 그래서 학교나 회사에서의 인간관계 때문에 고민하는 사람이 많습니다. 차갑게 보여도 여차하면 모든 힘을 다해 친구를 돕는, 매우 인간적인 프랑스 사람의 인간관계에서 배울 점이 있지 않나요.

애당초 '당신'과 '너', '절친'과 '친구'로 나눠 부른다는 게 너무 선을 긋는 것 같아 가혹하게 여겨지기도 합니다. 하지만 생각해보면 호칭이 바뀜에 따라 상대방과의 거리를 손쉽게 가늠할 수 있으므로 잘못 어울리는 일이 없어집니다. 아주 합리적이죠.

실은 나도 어디까지가 '친구(코팽느/코팡)'이고 어디부터가 '절친(아미)'인지 그 구분 방법을 정밀하게 이해하진 못합니다. 그러나 어떤 상황에라도 의지할 수 있고, 곤란할 때는 상담도 할 수 있고, 객관적인 의견을 구할 수도 있는 사람이 자신에게 누구인지를 고민할 때 '절친'과 '친구'의 구분을 참고할 수 있습니다.

　요즘은 SNS를 통해 상황에 따라 수백, 수천 명이나 되는 가상 친구와 관계를 구축하기도 합니다. 물론 그런 관계를 부정하려는 것은 아닙니다. 그런 만남도 현대사회에서는 중요합니다. 다만 자신에게 '아미'는 몇 명인지, 가장 마음 편한 관계는 어떤 것인가 한번 생각해보면 어떨까요.

속박하지 않고, 속박되지 않기

히치콕 감독의 영화 《나는 비밀을 알고 있다》의 주제
가로, 주연 배우이자 가수인 도리스 데이가 부른 〈케
세라 세라〉라는 노래가 있습니다. 원래는 프랑스어가
아니라 스페인어라고 하는데, 이 노래 제목같이 '될 대
로 돼라'라는 사고방식은 프랑스에도 있습니다.

또 다른 노래의 구절로 '세라비(C'est la vie, 그것이
인생이다)'라는 말이 있습니다. '케 세라 세라'와 같은 뜻
의 프랑스어입니다. '인생이란 이런 거라 어쩔 수 없다',
즉 되는 대로 될 것이므로 고민하거나 노력해봐야 소
용없다는 뜻입니다.

이 '세라비'는 프랑스 사람의 인간관계에도 반영됩니다. 그들은 객관적으로, 논리적으로, 냉정하게 사물을 바라보면서도 포기할 때는 과감하게 포기합니다. 프랑스에서는 "오는 것을 막지 않고 떠나는 것을 잡지 않는다"라며 인간관계를 유지하는 사람이 많습니다. 시간을 공유할 때는 의사소통을 두텁고 가깝게 하려고 노력하지만, 한 상대만 너무 고집하지도 않습니다. 그래서 나도 스스로 '어라?' 하고 생각할 때가 종종 있습니다.

'무소식이 희소식'이라고 말하지만, '정말 오래 연락이 끊어졌는데 새삼 연락하면 오히려 폐가 되지 않을까?' 하고 생각할 때가 있지 않나요? 하지만 프랑스 사람은 잘 지내고만 있으면 그냥 내버려 둬도 된다고 진심으로 생각합니다. 그러므로 한동안 연락을 끊었다가 갑자기 연락을 취하는 것도 대단한 일은 아닙니다.

조금 깍쟁이 같지만, 상대의 공간이나 거리를 존중해 함부로 들어가려고 하지 않습니다. 상대에게 간섭받고 싶지 않다는 게 아니라 속박되기 싫으므로 상대도 속박하려고 하지 않습니다.

이것이 프랑스적 '관용'입니다. 다른 사람의 존재

를 있는 그대로 받아들이는 겁니다. 프랑스 사람에게는 연인이나 부부 사이라고 해도 '속박하지 않되 속박되지 않는' 관계가 아주 중요하죠. 그것이야말로 '세라비' 인간관계를 유지하는 방법입니다.

부모·자식 관계라고 해도 '세라비'입니다. 자녀는 열여덟 살이 되면 대학을 진학하든 직장에 취직하든 독립해서 집을 나갑니다. 물론 부모·자식 관계는 계속되지만 어디까지나 한 개인으로 존중하고, 부모가 자식을 속박하는 환경은 만들지 않습니다. 우리에게는 너무 서먹하게 여겨질 수도 있지만, 절대 자녀에게 애정이 없는 게 아닙니다. 자녀가 독립하려면 반드시 거쳐야 하는 과정이라는 점을 부모가 아는 것뿐이죠.

3장

생활의 미,
흥미를 붙이면
무언가 변합니다

만약 날개 없이 태어났다면,
날개를 만들어서라도 어떤 장애든 뛰어넘으세요.

코코 샤넬

단언컨대, 음식은 문화입니다

전 세계 사람들이 프랑스에 열광하는 이유는 뭘까요? 그 이유야 많겠지만 일단 프랑스 사람의 삶이 우아하게 보여서가 아닐까요. 프랑스 사람은 일과 생활의 균형 속에서 개인적인 시간을 충분히 누리며 인생을 즐깁니다. 이것이 바로 '생활의 미Art de vivre'입니다. 약간의 공부와 재미로 생활을 예술의 영역까지 끌어올려 즐겁고 아름답게 가꾸는 겁니다. 그 점에서 프랑스 사람은 천재적입니다.

　'생활의 미'라고 하면 제일 먼저 떠오르는 것이 음식입니다. 프랑스의 매력이라고 하면 뭐니 뭐니 해도 풍부한 식문화입니다. 국토는 그리 넓지 않지만 지역성이 강해 지역마다 그 지역 특산의 채소와 와인, 치즈 등 식자재와 요리가 있습니다. 인생을 즐기는 방법의 하나가 식문화입니다.

프랑스의 식문화가 2010년에 유네스코 무형 문화유산으로 등록된 사실은 많이들 알 겁니다. 식사 자체의 맛과 아름다움, 훌륭한 식자재, 어떤 음식과 곁들여 마셔도 어울리는 와인, 여기에 언제나 웃고 떠들며 가족이나 친구와 함께 식사하는 프랑스만의 식사 관습과 역사까지. 이 모든 것이 문화 유산으로 인정되었죠.

한 나라의 미식 문화가 무형 문화유산으로 인정된 것은 프랑스가 처음입니다. 프랑스는 세계에서 따를 곳을 찾기 어려울 정도로 자국의 식문화에 뜨거운 열정과 세심한 애정을 쏟는 나라입니다.

그런데 프랑스 사람이 실천하는 '미식美食'의 '미美'는 무엇일까요?

푸아그라나 송로 등 프랑스의 고급 식자재를 칭찬하려는 게 아닙니다. '식도락gastronomie', 즉 식자재와 식사뿐만 아니라 요리 그 자체의 문화적 배경을 말하는 것입니다. 좋은 재료로 만든 요리를 가족이나 친구와 즐겁게 먹는 것이 미식의 참맛입니다. 그것을 건강·습관·지혜·역사에 더해 합리적인 식문화를 추구하는 것, 그것이 미식의 '미'입니다.

식전주, 마른안주, 전채, 주요리, 치즈, 후식이 식사의 기본 코스입니다. 여기에 어울리는 와인, 구운 빵, 계절 샐러드와 수프 등도 추가됩니다. 맛있는 것을 욕심내지 않고 적당히, 그리고 편안한 환경에서 즐겁게 식탁에 둘러앉아 먹는 것. 그것이 '미식가gourmet'의 기본입니다. 참고로 잔뜩 먹어대는 '대식가gourmand'와는 다릅니다.

프랑스 식문화에서 간과해서는 안 될 점이 지방 요리입니다. 프로방스, 알자스, 부르고뉴 등 여러 지방에서 발달하여 종류가 다양한 지방 특유의 요리는 매일의 식탁에서 아주 폭넓게 친근한 존재로 자리매김하고 있습니다. 저는 오래 전부터 프랑스 각 지역의 가정식 요리법을 모으고 있습니다. 프랑스 사람은 특별히 자기 지역에 느끼는 애착이 매우 깊어서 감동적입니다.

다음은 시장marché. 프랑스를 방문해본 분이라면 시장에 진열된 풍부한 식자재에 가슴이 두근거린 경험이 있을 겁니다. 한국이나 일본에도 지방 시장이 있지

만, 프랑스는 지역에서 생산하여 지역에서 소비하자는 의식이 아주 높습니다. 지역마다 채소뿐만 아니라 현지 와인이나 치즈 종류가 너무 많아 압도될 정도입니다. 각 지역의 자긍심이 느껴집니다. 프랑스의 치즈 종류는 1년 날수(365)보다 많다고 할 정도입니다. 최근에는 유기농이 붐을 이뤄, 그 산물이나 가공품을 전문으로 취급하는 시장도 있습니다. 다른 곳보다 가격은 조금 비싸지만 유기농 전문 시장이 열리는 요일을 확인해가며 열심히 다니는 사람도 많다고 합니다. 계절 식자재를 사용해 설탕 절임을 손수 만들거나 직접 허브를 기르는 등 나날이 식생활을 즐기려는 작은 시도가 곳곳에서 이루어집니다.

채소나 과일 등 계절 식자재를 즐기는 방법이 일본과 프랑스에서 조금 다르다는 것을 리옹 교외에 있는 미슐랭 별을 딴 레스토랑에서 일하는 일본인에게 배웠습니다. 일본에서는 특히 전통적인 정식 요리를 만들 때 '계절 맛보기'라고 해서 갓 수확하기 시작한(아직 재료 가격이 비쌀 때) 식자재를 많이 사용합니다. 프랑스에서는 레스토랑에서도 그 식자재의 수확량이 가장 많을 때, 즉 가격이 가장 쌀 때 가장 많이 즐긴다고 합니다.

그리고 '작은 공부 모임'이라고 해서 주제를 정해 식탁을 장식하는 것도 프랑스 사람의 특기입니다. 일 테면 앞에서 말한 파리 16지구에 사는 로렌스의 집을 찾아갔을 때의 일입니다.

그날, 로렌스는 황록색과 비비드핑크를 조합한 색 상으로 식탁을 장식했습니다. 꽃뿐만 아니라 드라제(dragée, 아몬드를 사탕으로 코팅한 과자)까지 같은 계통의 페퍼민트그린과 베이비핑크로 맞추고, 음료인 핑크샴 페인에는 먹을 수 있는 제비꽃이 띄웠습니다. 정말 화 려하고 멋진 상차림으로 로렌스가 직접 만든 요리를 더욱 빛내주었습니다. 색을 맞추는 것 같은 아주 작은 손길만으로도 충분합니다. 고가의 식자재를 사용하지 않더라도 멋지게 식탁을 연출하는 것은 편안하면서도 기분 좋은 놀라움을 주어 가족과 손님을 즐겁게 합니 다. 그것을 계기로 대화도 활기를 띱니다. 그 누구보다 준비하는 자신이 가장 즐겁습니다. 음식을 둘러싼 이 런 모든 것이 '미식'에 포함되며, 이는 생활의 즐거움입 니다.

최근 프랑스에서는 예술·사회학적 관점이 아니 라 과학적 관점에서 요리를 분석하는 '분자 요리학

Gastronomie moléculaire'도 인기를 끌고 있습니다. 나아가 어릴 때부터 '음식'을 배우게 하는 '식생활 교육'도 확대되고 있습니다.

1990년에 요리 평론가 장뤼크 프티흐노와 파리의 요리사들은 '미식의 날' 행사를 시작했습니다. 그것이 지금은 정부까지 나선 '미식 주간Le semaine goût'이라는 국가적인 사업이 되었습니다. 그중 '미식 수업'에는 많은 어린아이가 참가합니다. 이렇게 프랑스는 식문화를 평소에도 중요하게 여기며, 세대를 초월해 계승하며 지킵니다.

요즘 너무 바빠서 요리를 하지 못하거나, 야근이나 아이 교육 때문에 가족이 모여 식사하기가 어려워져 갑니다. 주중에도 매일 가족이 모여 식사하는 집은 드물지도 모릅니다. 그렇다면 '주말만은 반드시 함께 식사하기'라고 정해도 좋겠습니다. 계절이 좋은 여름이라면 베란다나 밖에서 즐겨도 좋겠죠. 때로는 느긋하게 시간을 들여 가족끼리 대화를 나누면서 식사하면 어떨까요? 프랑스에서는 말하는 도중에 음식을 먹는 게 아닌가 하는 착각이 들 정도입니다. 일테면 사춘기나 예민한 시기에 있는 아이들이라도 이렇게 식탁에 둘러앉으면 자연스럽게 얘기할 수 있습니다. 이것도 미식, 식생활 교육입니다.

가장 친근하고 중요한 매일 먹는 세끼 식사부터 의식을 높여가면 반드시 무언가가 변할 겁니다. 그리고 식사가 끝나면 아이들에게 식기를 부엌으로 옮기는 것 정도는 시키세요. 그것도 식생활 교육입니다. 프랑스에서는 특히 남자아이들에게 엄하답니다.

가장 쉬운 사치

프랑스 사람은 걷기를 아주 좋아합니다. 친구 집에 놀러 가면 산책부터 하죠. 길거리, 숲, 오솔길, 작은 섬, 가벼운 하이킹 코스 등 걸을 만한 장소는 다양하지만 특히 숲길을 좋아하는 것 같습니다.

가을이 되면 숲에 들어가 버섯을 땁니다. "이건 먹을 수 있어", "이건 못 먹어" 하며 버섯을 잘 아는 친구가 전문 서적을 들고 가르쳐줄 정도입니다. 프랑스 사람이 숲을 좋아하는 것은 선조인 갈리아족이 숲에서 살았기 때문이 아닐까요.

이 '숲을 좋아하는' 유전자는 도시인 파리에서도

발휘됩니다. 거리 곳곳에 숲과 공원이 있어서 날씨가 따뜻해지고 조금이라도 해가 있으면 모두 일광욕을 즐깁니다. 16지구에 있는 불로뉴의 숲에는 산책 코스가 있을 정도입니다.

파리에서 오래 산 히토미도 말했습니다.

"프랑스에는 요일과 시간을 정해 산책이나 독서를 습관적으로 실천하는 사람이 많습니다. 그 습관은 부모에게서 아이에게로 이어집니다. 고령자만이 아니라 젊은 세대 중에도 그런 사람이 많아 감탄했습니다."

산책과 독서는 아무래도 한 쌍인 것 같습니다. 전자는 육체적인 면을, 후자는 정신적인 면을 건강하게 유지하려는 것이죠. 센 강변에 '부키니스트Bouquiniste'라는 헌책을 파는 초록색 가판대가 늘어선 것을 본 분이 많을 겁니다. 1606년에 퐁네프 다리가 건설되었을 때부터 손수레에 헌책을 올려놓고 파는 부키니스트가 있었다고 합니다. 지금은 인가를 받은 세계유산으로 파리의 명소가 되었습니다.

독서라는 '뇌의 산책'도 프랑스 사람의 지적 에고이즘을 뒷받침합니다. 실제로 내 프랑스 친구들은 잠들기 전에 한 시간쯤 책을 읽습니다. 잠들기 직전에 정

적 속에서 독서에 몰두하는 순간이 가장 행복하다고
합니다.

침대에 누워서도 스마트폰으로 메일을 확인하거
나 인터넷을 뒤지는 사람이 많아졌습니다. 많은 프랑
스 사람이 전자책으로 책을 읽습니다. 확실히 편리합
니다. 하지만 고전적으로 활자를 인쇄해 잉크 냄새가
나는 책을 손에 드는 기쁨을 향유하는 문화가 사라지
지 않았으면 좋겠습니다.

음악계에서는 LP판이 다시 주목을 받고 있듯, 책
의 인기도 서서히 부활한다고 들었습니다. 상황과 기분
에 따라 디지털과 아날로그라는 두 가지 매력 중에서
선택한다면, 뇌의 산책도 더 즐거워지지 않을까요.

버리기라니, 말도 안 돼!

최근 몇 년 사이, 필요 없는 물건을 버리는 '정리'라는 말이 붐을 이뤘습니다. 프랑스 친구들에게 물어보니 이 말을 잘 몰랐습니다. 오히려 "왜 버려?"라는 반응이 돌아왔습니다. 그들은 물건을 버리는 데 상당히 저항감을 느꼈습니다. "버릴 거였으면 사지 말지"라는 말도 들었습니다.

맞는 말이죠. 이 '정리' 열풍은 프랑스의 미니멀리즘과 아주 잘 맞는다고 생각합니다. 프랑스에서는 적은 물품으로 얼마나 멋지게 자기를 꾸미는지를 다룬 책도 인기를 끌었죠. 이른바 '미니멀리스트'는 어디까지나 마음에 여유가 있어서 옷뿐만이 아니라 다른 물건도 최소한만 갖추며 그것을 소중하게 여기는 사람을 가리키는 말입니다. '절약가'나 '구두쇠'와는 다릅니다. 가치 있는 것은 과감히 소비한다. 하지만 그것을 최소한으로 소유하고 소중하게 여긴다. 이것이 미니멀리즘의 참모습 아닐까요?

프랑스 친구들이 종종 일본에 방문하는데, 거의 쇼핑하지 않아서 놀랐습니다. 선물 가게도 들리기는 하지만 전혀 물건을 안 산다고 해도 될 정도로 사지 않았습니다. 최근 몇 년 동안 외국인 관광객의 '쇼핑 관광'이 일본 경제에 크게 이바지했다고 하는데, 프랑스 사람은 거의 공헌하지 않았을 겁니다.

다만 그들은 아주 가치가 큰 물건을 발견했을 때는 큰돈을 들입니다. 선禪을 공부하는 프랑스 사람들의 모임을 데리고 다지미라는 도시에 갔을 때의 일입니다. 현지 서예가가 그린 작품을 족자에 담아 고케이산에 있는 에이호지에서 전시하고 있었습니다. 한 작품에 100~200만 원이나 했습니다. 모임 구성원 중 서너 명이 작품에 흥미를 보이며 문자 내용과 의미 등을 진지하게 묻더니, 갑자기 그 자리에서 사겠다고 나섰습니다. 그들은 그 작품이 글자의 균형과 족자의 만듦새까지 포함해 전체적으로 아름답다고 판단했고, 특히 한 점뿐이라는 것이 마음에 들었다고 합니다.

프랑스 사람은 질이 좋고 아름다운 것, 무엇보다 자기 마음에 드는 게 있으면 거기에서 독자적인 가치를 발견합니다. 물건 가격이 10원이든 100만 원이든 구입합니다. 자신에게 가치가 있고 아름답고 소중한 것에는 투자를 아끼지 않고 평생 소중히 여깁니다. 그 밖의 것은 자신과는 전혀 상관이 없으니 절대 돈을 쓰지 않습니다. 매사를 합리적으로 생각하는 프랑스답다고 할 수밖에 없겠죠.

교토의 고급 호텔에 체류하는 손님이 교토 역에서 어디로 나가면 가장 택시요금이 싼지 세세하게 확인할 때가 많은데, 이것도 비슷한 예입니다. 자신이 그럴 만하다고 생각한 데는 거금을 치러도 낭비라고 생각하면 단 100원도 내지 않습니다. 프랑스 사람은 돈을 어떻게 써야 하는지 압니다.

물론 프랑스 사람도 불필요한 것은 내놓습니다. 최근에는 인터넷 경매에 내놓기도 하는데, 대다수는 필요한 사람에게 줍니다. 절대 버리진 않습니다.

애당초 가구 등은 조부모 등 조상 대대로 물려받을 때가 많습니다. 가구만이 아닙니다. 은 식기나 잘 표백해서 다림질까지 한 자수가 놓인 냅킨도 대대로 물려줍니다. 30년 전 어머니가 입었던 드레스를 딸이 입는 일도 드물지 않습니다. '물건의 가치에는 그 역사도 포함된다'라는 생각은 너무나도 프랑스 사람다운 발상입니다. 가족을 소중히 여기고 낡은 물건에서 가족의 유대감과 가치를 발견하는 태도야말로 프랑스 미니멀리즘의 훌륭한 점입니다.

그런데 이런 모습이 우리에게 아주 새로운 것일까요? 세계 경제의 고도 성장기를 지나 대량생산 경제체제가 된 것은 그리 오래된 일이 아닙니다. 오히려 그 이전에는 어머니에서 딸에게로 옷이 전해지고, 그것이 다시 딸에게 이어졌습니다. 옷은 점점 낡으니 잠옷으로 변모했다가 결국에는 기저귀나 걸레로 사용됩니다. 지금도 어머니 혹은 할머니에게 물려받았거나 자녀에게 물려주고 싶은 물건을 갖고 있는 사람이 많을 겁니다.

일본에 사는 프랑스 사람 도미니크 로로가 일본의 선 사상을 바탕으로 쓴 미니멀리즘 도서 『심플하게 산다』와 곤도 마리에의 정리법도 프랑스에서 인기를 끌었습니다. 내 생각엔 그 책들은 '버린다'라는 단어를 거의 드러내지 않고 '두근거림'을 키워드로 한점이 핵심이 아닌가 싶습니다.

절대 정리를 부정하는 게 아닙니다. 하지만 자신에게 정말 가치 있는 데 투자하면 그것을 계속 사용하고 싶고, 자녀나 형제에게 물려주고 싶어질 겁니다. 자신에게 가치가 있고 소중한 것이 무엇인지 판단하는 눈을 키우는 것도 일상에서 미의식을 찾는 '생활의 미'가 아닐까요. 유행을 좇다가, 누군가를 따라 하다가 물건이 쌓이면 결국 그만큼 버려야 합니다. 그런 악순환과 결별하고 물건을 소중하게 여기는 사고방식을 다시 한번 곱씹어봤으면 좋겠습니다.

주말에는 평소와 다른 일을 해보세요

프랑스에서는 노동시간을 제한하므로 사생활에 더 많은 시간을 쏟을 수 있습니다. 특히 주말이나 휴가를 얼마나 의미 있게 보내는지가 관건이라는 점은 앞에서 설명했습니다. 여러분은 주말을 어떻게 보내나요? 쇼핑하며 보내나요? 파리 같은 대도시에서는 쇼핑 시설이 주말에도 문을 엽니다. 하지만 아직도 안식일인 일요일과 공휴일에는 문을 닫는 가게가 많아서 애당초 '주말에는 쇼핑해야지'라고 생각하지 않습니다.

　　주말에는 가게가 문을 닫지만 그 대신 프랑스 사람들은 토요일 아침에 시장에서 식자재를 사고 빵 가게에서 갓 구운 크루아상이나 바게트를 사서(빵은 주로 아버지나 남편이 삽니다), 가족이나 친구와 모여 천천히 식사를 즐깁니다. 그것이 프랑스에서 일상적으로 주말을 보내는 방식입니다.

아니면 산책하거나 미술관을 방문하거나 영화를 보거나 오페라나 음악회에 가죠. 특히 파리 시민은 다양한 예술을 저렴하고 손쉽게 누릴 수 있죠. 문화를 접하며 미의식을 높일 기회가 몸 가까이에 뿌리내리고 있는 것 같습니다.

일테면 음악회. 조그만 규모의 클래식 연주회가 교회에서 열릴 때가 많아서 여러 번 가봤습니다. 교회 건축 특유의 음향효과도 한몫하는지 한층 더 가슴에 와닿는 것 같아서, 어느새 음악 소리에 열중해버리곤 했습니다.

영화도 이른바 할리우드 블록버스터(대작 영화)가 아니라 규모는 작아도 전 세계에서 골라 뽑은 작품을 상영하는 극장이 많고, 요금 체계도 다양합니다.

프랑스는 미술관도 그렇지만 평소 말로만 듣던 예술 작품이 바로 옆에 있는 덕분인지 누구나 예술을 일상에서 즐깁니다. 반면 한국이나 일본에서는 클래식 연

주회에 가거나 미술관에 가면 조금 특별한 사람으로 쳐다봅니다.

확실히 한국과 일본은 세계에서 쇼핑하기에 가장 좋은 환경입니다. 물론 쇼핑도 즐겁고, 보통 주중에는 시간이 부족해 느긋하게 둘러보기 어렵죠. 하지만 때로는 그 유혹과 습관에서 벗어나 예술 세계를 경험해 보는 것도 주말을 멋지게 보내는 방법이 아닐까요. 틀림없이 마음과 몸에 좋은 효소가 생길 겁니다.

예술을 감상하는 것뿐만 아니라 일반적인 주말이나 평소의 일상과는 다른 장소에 가는 것만으로도 기분이 새로워집니다. 과감하게 화장법을 바꾸거나 다른 패션에 도전하며 일탈을 즐겨도 좋습니다.

프랑스 여성들은 평소 잘 화장을 하지 않습니다. 그 대신 주말이나 휴일에 밖에 나갈 때는 완벽하게 화장을 하고 우아한 드레스를 입죠. 이렇게 확 달라진 모습으로 파티에 등장해 사람들을 놀래킵니다.

평소에도 깔끔하게 화장하고 명품 가방을 들고 출근하는 주위의 직장인과 비교하면, 프랑스 젊은 여성들은 매우 소박합니다.

번잡한 거리에서 벗어나고 싶어 하는 파리 사람들

이 주말이면 자동차로 한두 시간 걸리는 곳에 있는 별장으로 향하듯, 어딘가 주거지에서 떨어진 곳으로 나가도 좋습니다. 주말에 기차나 버스를 타고 작은 여행을 떠나보면 어떨까요.

평소와는 다른 일을 해본다면 틀림없이 마음속에 다른 풍경이 펼쳐질 겁니다. 즐겁지 않으면 인생이 아닙니다. 주말이라는 여가를 잘 활용해 자기 인생을 더욱 즐기는 여유를 부려봅시다.

누가 뭐라고 해도 흔들리지 않아

'긴 휴가를 즐기고 일을 효율적으로 끝내 충분히 사생활을 누린다.' 프랑스 사람이 여가에 온 마음을 기울이는 태도에도 그들의 철학은 지대한 영향을 끼칩니다.

17세기 프랑스 시인이자 모럴리스트인 장 드 라퐁텐은 『이솝이야기』를 소재로 「개미와 매미」라는 시를 썼습니다. 한국에는 「개미와 베짱이」라는 우화로 번역되어 소개되었죠. 한국의 「개미와 베짱이」는 근면한 개미와 게으른 베짱이의 이야기로, 베짱이처럼 놀기만 하면 장래에 어려운 처지에 놓이게 되니까 개미처럼 다가올 위기에 대비해 꾸준히 일해야만 한다는 교훈을 담은 우화입니다.

하지만 라퐁텐은 모럴리스트 중에서도 쾌락주의
자였습니다. 그래서 인생의 목적을 쾌락에 두고, 도덕
은 쾌락을 실현하려는 수단이라는 태도를 보였습니다.
프랑스의 「개미와 매미」는 한국의 「개미와 베짱이」와
교훈이 다릅니다. 즉, 같은 이야기임에도 한국에서는
'게으른 베짱이'로 번역이 된 반면, 프랑스에서는 '현재
를 즐기는 유쾌한 매미'로 그려진 것입니다. 우리가 알
고 있던 살짝 무거운 교훈과는 완전히 다른 흥미로운
사고방식이죠.

이에 대해 프랑스 친구 베로니크는 이렇게 알려주
었습니다.

"라퐁텐의 우화에 나오는 쾌락주의는 인생을 즐기
자는 얘기가 아닙니다. 앞으로 추운 계절이 올 수도 있
다는 것을 잘 압니다. 하지만 그렇기에 오히려 그 찰나
적인 감정을 받아들이고 여름철을 더 즐겁게 보내자는
생각입니다."

여러분은 어느 쪽입니까? 나는 완전히 매미(베짱이)
쪽입니다. 개미든 베짱이든 혹은 완전히 다른 생물이
든, 자신만의 인생철학을 갖는 것은 매우 중요합니다.

여담이지만 왕따 문제를 다루는 텔레비전 프로그램을 본 적이 있습니다. 다양한 사람이 발언하는 가운데 프랑스에서 자란 젊은 여학생이 이렇게 말했습니다. "다른 사람이 뭐라고 하든 흔들리지 않아요. '그래서 어쩌라고? 나는 그렇게 생각하지 않아'라는 사고방식을 배워왔기 때문에 왕따를 당하는 환경이 조성되지 않습니다." 어릴 때부터 강한 정신력과 자존감을 기른 덕분에 왕따에 굴복당하지 않는 인격이 형성된 게 아닐까요?

철학이라고 하면 괜히 어려운 것을 떠올릴 수 있습니다. 하지만 그렇지 않습니다. 나는 이렇게 살고 싶다는, 인생의 기반과 지침이 되는 사고방식이 바로 철학입니다. 그 철학이 매사를 판단하는 기준이 되어, 고민이 있거나 방황할 때 늘 그곳으로 돌아가 생각할 수 있는 바탕이 됩니다. 간단한 것이라도 괜찮습니다. 자기만의 철학을 가져보세요.

4장

모든 것의 시작은 나

바다보다 넓은 게 있다. 그것은 하늘이다.
하늘보다 넓은 게 있다. 그것은 사람의 마음이다.

빅토르 위고

프랑스식 생활 방식을 뭐라고 부를까요

나는 프랑스 사람의 '지적 에고이즘'에 따르는 생활 방식에 큰 영향을 받았습니다. 이 생활 방식이야말로 오늘날 일하는 여성, 특히 30~40대 여성에게 잘 맞는다고 생각합니다. 사실 이 '지적 에고이즘'이란 단어는 내가 만든 겁니다.

'에고이즘egoism'이란 말을 들으면 여러분은 어떤 이미지가 떠오르나요? '자기 마음대로' 혹은 '자기중심' 같은 부정적인 이미지가 아닐까요. 보통 그렇죠. '멸사봉공滅私奉公'이라는 말처럼 자아를 억누르고 세상과 다른 이를 위해 온 힘을 다하는 것이야말로 올바른

길이라고 배워온 동양적 가치관 아래서는 당연한 일입니다.

　물론 프랑스에서도 '에고이즘'을 늘 긍정적인 이미지로 받아들이는 건 아닙니다. '이기주의', '제멋대로' 등 부정적으로 받아들이기도 합니다. 그런데 군이 왜 이 단어를 사용하느냐. 그것은 철학적으로 '에고ego'라는 의식에서 자기해방dégagement이라는 사상이 출발했기 때문입니다. 이 자기해방이야말로 제가 그리는 '지적 에고이즘'의 원점입니다.

　그리고 그 밑받침이 되는 사상이 개인주의입니다. 하지만 단순히 '제멋대로' 구는 것이나 다른 사람을 존중하거나 배려하지 않는 '이기주의'와는 다릅니다. 이것은 오히려 '자기주의'입니다.

　그렇다면 '이기주의'와는 어떻게 다를까요. '지적 에고이즘'을 밑받침하는 개인주의에는 다음 다섯 가지 요소가 반드시 있어야 합니다.

1. 관용: 자유를 존중하고 상대의 '개성'을 받아들이는 마음의 크기.
2. 전문 분야: 자신의 특기를 찾아 배우고자 노력한다.

3. 균형 잡힌 시각: 감성만이 아니라 합리성이란 눈으로 균형 있게 판단한다.
4. 기쁨 찾기: 항상 목적의식을 뚜렷이 하고 즐기려는 마음을 잊지 않는다.
5. 말하고 듣기: 대화 능력과 토론 능력을 기른다.

어떤가요? '자기중심'이나 '제멋대로'와는 전혀 다르죠? 내 마음을 해방하고 내 생각과 의견, 삶의 방식을 갈고닦는다. 그리고 다른 사람의 의견에 좌우되지 않고 매사를 스스로 판단해 결정한다. 자기 의견을 다른 사람에게 전하도록 노력하면서도 다른 사람의 개성을 존중한다. 정말 건전하고 합리적인 사고방식이라고 생각하지 않나요?

특히 '관용'이 중요하다고 생각합니다. 누구든 그저 제멋대로 행동하고 자기중심적인 사람과 사귀고 싶지는 않을 겁니다. 애당초 잘 지내기 어렵죠. 하지만 '관용하는 마음'으로 상대를 받아들이며 '교양'을 익히고 '생활의 즐거움'을 누리세요. 개인주의를 실천하는 사람, 즉 어른스럽고 마음에 여유가 있는 사람이라면 함께 일하고 친하게 지내고 싶을 겁니다. 무엇보다 당신 자신이 인생을 100배 즐겁게 살아가게 될 겁니다.

　프랑스는 '개인'을 존중하는 데 반해 동양은 '조
화'를 우선시합니다. 그것이 양쪽 문화의 차이겠지요.
이 차이야말로 30~40대 일하는 여성이 앞으로 자기만
의 생활 방식을 발견할 열쇠가 되리라고 생각했습니
다. 지적 에고이즘은 자신의 현재를 파악하여 미래로
연결해주는 고리입니다.

일하는 방식이 변하고 있습니다

세상은 시시각각 변화합니다. 오늘날 사회에서는 정보의 경계가 허물어져 세계 어디에 있어도 자유롭게 정보를 입수할 수 있게 된 한편, 그에 따른 문제도 생겼습니다.

프랑스에서는 미테랑 대통령 시절(1981~1995년)의 관대한 이민 정책 탓으로 빈부 격차가 심화되었다고들 이야기합니다. 가난하고 젊은 이민자의 '증오'를 이용해 종교를 배경으로 한 테러를 일으키는 집단이 나타났는데, 이 조직을 구축하는 데 인터넷이 교묘히 활용되고 있습니다. 그 결과, 프랑스 사회는 이민자를 받

아들여야 한다는 사람들과 내쫓아야 한다는 사람들이
서로를 비판하며 차갑게 대립하고 있습니다. 급기야,
이민 배제 여론이 강해지고 극우 정당이 주목을 모으
는 등 '자유', '평등', '박애'의 국가 프랑스는 난항을 겪
고 있습니다.

우리는 어떨까요.

요즘 30대 후반 사람들, 이른바 '베이비붐 세대'의
자녀에 해당하는 세대와 얘기를 나눌 기회가 잦았습니
다. 그들은 고속 경제 성장에 대한 기억은 없고, 취업 빙
하기를 경험한 세대입니다. 회사는 도산하고, 구조 조
정도 있었습니다.

종신 고용이라는 신화가 무너져 평생을 정규직으
로 지낼 수는 없는 사람이 늘어나면서, 회사에 느끼던
애사심도 사라졌습니다. 취직해도 어느 정도 기술을
익히면 독립해 창업하는 사람이 늘어났습니다.

회사의 경영 방법과 일하는 방식도 달라졌습니다.
2015년, 페이스북 창업자 마크 저커버그가 태어날 딸
을 위해 두 달간의 육아휴직을 신청한 일이 화제가 되
었습니다. 컨설턴트 관련 일을 하는 지인 T(30대)는 육
아휴직을 받아 아이가 세 살이 될 때까지 일을 쉬면서

아내가 계속 일할 수 있게 해주었습니다. 남성의 이해와 협력으로 여성도 경력과 결혼, 아이를 모두 포기하지 않는 길이 열린 겁니다.

또 광고사를 경영하는 지인 H(30대)는 어디서나 휴대전화와 모바일 메신저로 회의합니다. 타임카드(time card, 일을 시작하는 시간과 끝나는 시간을 기록하는 카드-옮긴이)도 아르바이트 직원들을 위해 형식적으로 갖추기는 하지만, 거의 사용하지 않는다고 합니다. '각자 필요한 일을 필요한 시간에 한다'라는 유연한 시간 관리에 따라, 시간에 얽매이지 않는 업무 방식이 점차 도입되고 있습니다. 개인이 더 합리적으로 일을 처리할 수 있는 환경도 정비되고 있죠.

그렇게 '회사'와 '일하는 방식'이 지금 변하고 있으니까, 더욱 '지적 에고이즘'의 생활 방식을 실천하기에 아주 좋은 시기라고 생각합니다. 회사가 평생 거처가 되지 못하는 불확실한 시대. 특히 30~40대, 앞으로 결혼도 생각해야 하거나 현재 자녀를 양육하는 세대는 가까운 미래에 어쩔 수 없이 '독립'과 대면해야 할지도 모릅니다. 그런 30~40대가 전문적인 지식에 기반하여 독자적으로 생각하며 인생을 즐기는 방법을 아는 생

활 방식을 실천한다면, 앞으로 10년 동안 진정한 의미에서 성공을 거머쥘 가능성이 커지지 않을까요. 무엇보다 매일의 생활도, 일도, 인간관계도 지금보다 훨씬 즐거워질 겁니다.

AI(인공지능)라는 단어를 요즘 자주 듣습니다. 친구는 AI가 일하기 시작하면 '사무직'이라고 불리는 직종은 모두 사라질 거라고 했습니다.

인간의 노동은 점점 사라지고, 로봇이 회사를 경영하는 날이 올지도 모릅니다. 영화에서만 보던 굉장한 세계라는 생각에 흥분되기도 하지만, 한편으로는 솔직히 조금 두렵기도 합니다. 실제로 스마트폰의 번역·통역 기능은 점점 발달하고 있어서, 와이파이를 활용하면 통역 없이도 어디든 다닐 수 있지 않을까 하는 일말의 불안을 느끼기도 합니다.

빠르면 2030년대, 사무직이 사라진 시대가 올지도 모른다고 합니다. 지금으로부터 40~50년 뒤에는 AI와 로봇 탓으로 인구의 90퍼센트가 일자리를 잃는다고 말하는 사람도 있습니다. 그런 세상이 도래했을 때 어떤 일을 하는 사람들이 살아남을까요. 기계도 흉내 낼 수 없는 정교한 손놀림(기술)을 습득한 장인은 틀림없이 살아남겠죠.

하지만 그밖에는 누가 있을까요?

그렇게 고민하다 보면 '창조 계급Creative Class'에까지 생각이 다다릅니다. 그런데 이것이야말로 '지적 에고이즘'과 겹치는 부분이 많습니다!

'창조 계급'은 도시사회학의 제일인자인 토론토대학교의 리처드 플로리다 교수가 제창한 것입니다. 여기에 속하는 구체적인 직종으로는 예술가·건축가·과학자·대학교수·두뇌집단 연구자·고도의 기술자나 금융 등 전문 분야에서 일하는 창업자 등등이 있습니다. 이들이 산업혁명에 필적하는, 앞으로 찾아올 대격변 속에서 중심적인 구실을 한다는 겁니다.

플로리다는 저서 『창조 계급의 세기』에서 이렇게 말했습니다.

정말 중요한 것은 새로운 발상, 새로운 기술, 새로운 사업 모델, 새로운 문화양식이다. 완전히 새로운 산업의 창조는 본질적으로 인간의 능력에 달렸다. 이것이야말로 창조 자본이다. 경제를 성장하고 번영하게 하고자 모든 주체는 그것이 개인이든 기업이든, 도시든 주州든, 국가든 간에 창조력을 키우고 강화하고 활성화하는 한편 그 능력에 투자해야만 한다.

플로리다의 분석에 따르면, 창조 계급 중에서 앞으로 가장 성장이 기대되는 직종은 '전문적인 사고'와 '복잡한 의사소통 능력'이 요구되는 분야로 한정된다고 합니다.

또한 창의력으로 경제성장을 지속하려는 목표를 달성하려면 세 가지 'T'가 반드시 있어야만 합니다. 바로 기술Technology, 재능Talent, 관용Tolerance입니다.

프랑스식 '지적 에고이즘'과 그 바탕에 있는 개인주의에서 관용이 아주 중요하다는 말은 이미 했습니다. 여기에 더해, 창의력을 향상하고 개인을 중요하게 생각하고, 복잡한 의사소통에 대응할 수 있는 토론 능력을 키운다면 우리도 프랑스 일하는 여성처럼 행복하게 일할 수 있지 않을까요?

본 콩티뉴아숑!

이 책에서 '지적 에고이즘'에 대해 썼습니다. '온갖 제약으로부터 벗어나 자기만의 의견과 철학을 갖는다, 중요한 것들만 선명하게 부각되도록 삶을 정리한다, 그렇게 하면 삶이 저절로 즐거워진다.' 이것이 내가 주장하는 이야기의 요점입니다.

엔지니어로 일하는 친구 미셸은 자기 나름의 '지적 에고이즘' 생활에 대해 이렇게 말했습니다.

"자신에게 솔직해지는 것. 자신의 교양을 높이고 지구상에서 벌어지는 중요한 문제를 이해하려고 하는 것. 정당하게 사회에 공헌하는 것. 인생의 즐거움을 경

험하는 것. 꿈을 나누고 전할 수 있는 가족에게 경의를 표하는 것."

유도 사범의 아내인 안은 또 이렇게 말합니다.

"아이와 손자를 잘 키우고 멀리 있는 친구들과도 좋은 관계를 유지하며 문화와 예술, 스포츠를 더 깊이 이해하는 게 가장 큰 기쁨입니다."

어려울 건 아무것도 없습니다. '지적 에고이즘'의 생활 방식은 가까운 곳에서부터 실현할 수 있습니다.

일을 효율적으로 처리하는 자기만의 요령을 찾거나, 처음에는 짧아도 괜찮으니까 휴가 계획을 세워보는 겁니다. 가족이나 친구들과 대화를 나누며 식사하는 시간을 의식적으로 마련하거나, 공원을 산책하며 자연과 만나거나, 책을 읽어도 좋습니다. 주말에는 미술관이나 영화관에 나가봅니다. 우선은 그런 사소한 것부터 시작해보면 어떨까요. 그러다 보면 지금보다 자신의 개성과 자기가 소중하게 여기고 싶은 것이 보일 겁니다. 그 다음에는 자신감을 품고 앞으로 나아가기만 하면 됩니다.

자신만의 개성을 발휘하는 과정에서 잊어서는 안 될 점이 자신과 다른 의견에 귀를 기울이고 관용하는 것입니다. 나뿐만 아니라 다른 사람도 마음껏 숨 쉬도록 배려해야 합니다.

프랑스의 국기인 삼색기는 정말 유명합니다. 파란색은 자유, 하얀은 평등, 빨간색은 박애를 상징합니다. 자유와 평등은 바로 이해할 테고, 세 번째로 언급한 박애야말로 관용과 통하는 개념입니다. 박애는 '지적 에고이즘'의 핵심이자 개인주의와 단순한 고집불통, 이기주의를 구별하는 열쇠입니다.

본 콩티뉘아숑Bonne continuation! 프랑스어로 힘내서 계속하라는 말입니다. 뜻을 다지고 당신의 생각을 이어가세요. 그리고 딱 한 번뿐인 인생을 제대로 즐기세요.

이쿠지마 아유미生島あゆみ

프랑스와 일본을 오가며 여성의 일과 삶의 균형을 고민하는 일하는 여성. 여행사에서 일한다. 어릴 때부터 몸이 약했다. 그래서 '등교 거부자'라는 딱지가 붙었다. 때론 독불장군처럼, 때론 외톨이처럼 학교를 다녔다. 졸업한 뒤 작은 회사에 들어갔지만, 거대한 기계의 부속품이 된 것처럼 스스로를 소진시키며 일했다. 30대가 훌쩍 넘어 프랑스와 독일에서 공부할 기회를 얻었고, 불안으로 가득 찬 여정 속에서 말도 제대로 못하는 그녀를 프랑스는 편견 없이 받아줬다.

이 책은 지은이가 프랑스에서 만나 교류한 일하는 여성들과 그들로부터 배운 일과 삶의 방식, 그리고 일하는 여성을 배려하고 존중하는 프랑스 사회를 있는 그대로 소개한다. 지은이는 이 책을 읽은 일하는 여성들이 자기만의 일하는 방식을 찾아 좀 더 행복해지기를 간절히 응원한다.

옮긴이 민경욱

고려대학교 역사교육과를 졸업했다. 인터넷 관련 회사에 근무하며 1998년부터 일본문화포털 '일본으로 가는 길'을 운영했다. 일본 관련 블로그 '분카무라(www.tojapan.co.kr)'를 운영하며 일본문화 팬들과 교류하고 있다. 옮긴 책으로는 『아무래도 아이는 괜찮습니다』,『불쾌한 사람들과 인간답게 일하는 법』,『일주일 안에 80퍼센트 버리는 기술』 등이 있다. 주로 '일과 삶의 균형', '인간관계', '미니멀리즘' 등 나답게 살기 위한 길을 제시하는 책들을 한국어로 옮겼다.

이 도서의 국립중앙도서관 출판예정도서목록(CIP)은 e-CIP홈페이지(http://www.nl.go.kr/ecip)와
국가자료공동목록시스템(http://www.nl.go.kr/kolisnet)에서 이용하실 수 있습니다.
(CIP제어번호 : CIP2018021417)

프랑스 일하는 여성처럼

초판 1쇄 발행 2018년 7월 27일

지은이 이쿠지마 아유미
옮긴이 민경욱
펴낸이 윤미정

책임편집 성기병
책임교정 김계영
홍보 마케팅 양혜림
디자인 류지혜

펴낸곳 푸른지식 **출판등록** 제2011-000056호 2010년 3월 10일
주소 서울특별시 마포구 월드컵북로 16길 41 2층
전화 02)312-2656 **팩스** 02)312-2654
이메일 dreams@greenknowledge.co.kr
블로그 greenknow.blog.me

ISBN 979-11-88370-17-7 (03810)

잘못된 책은 바꾸어 드립니다.
책값은 뒤표지에 있습니다.